그들의 문학과 생애

한국문학평론가협회 | 한길사 공동기획

그들의 문학과 생애

최명익

장수익 지음

한길사

그들의 문학과 생애

최명익

지은이 · 장수익
펴낸이 · 김언호
펴낸곳 · (주)도서출판 한길사

등록 · 1976년 12월 24일 제74호
주소 · 413-756 경기도 파주시 교하읍 문발리 520-11
　　　www.hangilsa.co.kr
　　　E-mail: hangilsa@hangilsa.co.kr
전화 · 031-955-2000~3　　팩스 · 031-955-2005

상무이사 · 박관순 | 영업이사 · 곽명호
편집 · 박희진 박계영 안민재 이경애 | 전산 · 한향림 | 저작권 · 문준심
마케팅 및 제작 · 이경호 | 관리 · 이중환 문주상 장비연 김선희

출력 · 지에스테크 | 인쇄 · 현문인쇄 | 제본 · 성문제책

제1판 제1쇄 2008년 1월 31일

값 15,000원
ISBN 978-89-356-5986-9 04810
ISBN 978-89-356-5989-0 (전14권)

• 이 도서의 국립중앙도서관 출판시도서목록(CIP)은
e-CIP 홈페이지(http://www.nl.go.kr/cip.php)에서 이용하실 수 있습니다.
(CIP제어번호: CIP2008000344)

그리고 표현이 문제였다. 나는 단어 하나를 고르는 데도 무진 애를 써야 했다. 나는 어쩐지 내가 써가는 단어의 하나하나가 그 정확성 부정확성을 따라 육체적으로 다른 감각을 일으키는 것 같았다. 이런 말을 집어넣어보고, 저런 말로 바꾸어보며 애쓰다가 정확한 어휘가 붙잡힐 때에는 가슴에 무엇이 듬뿍 안기는 것 같은 감각을 느낀다. 그것이 절실감, 핍진감이라 생각한 나는 그런 말을 골라내고야 만족하는 습성이 생겼다.

··· 최명익, 「소설 창작에서의 나의 고심」

머리말

  최명익은 박태원·이상과 함께 1930년대 한국 모더니즘 소설을 대표하는 작가이다. 이상이 근대적 예술가의 절망적 내면을 깊숙이 드러내었고, 박태원이 식민지 수도 경성의 근대적 경험을 예리하게 포착하였다면, 최명익은 지식인의 현실에 대한 도피적 심리를 섬세하게 드러내는 것[1]을 중점적 과제로 삼은 작가라고 할 수 있다.

  이에 더하여 최명익은 해방 이후 좌익으로 전향하고, 북한에서 역사소설의 한 모범적인 예로 불리는 『서산대사』를 썼던 삶의 궤적으로 말미암아, 리얼리즘 대 모더니즘이라는 사상사적 대립구도를 해명할 대표적인 경우로 탐구되어왔던 작가이기도 하다.

  1930년대 당시 그는 이른바 '신세대 문학'의 대표적인 작가로서, 심리주의에 의거한 무게 있는 작품을 쓴 작가로 평가받은 바 있다.[2] 이러한 평가는 최명익의 작품이 "자조로 일관되어 있지만, 그 자조는 자포자기한 것이 아니라 새로운 생활을 찾아보려는 마음에 냉혹한 채찍을 가하는 것"으로서, 침착하고 무게 있는 작가적 태도를 드러내 보인다는 언급에서도 확인할 수 있다.[3]

물론 이러한 긍정적인 평가 외에 "한 시대의 지적 분위기를 다시 드러내는 데 성공하였으나" "지식인 소시민의 정신적 일면을 심리주의 수법으로 다루는 데 치중함으로써 거추장스러운 자의식에서 완전히 벗어나지 못한" 것으로 바라보는 부정적인 평가도 있다.[4] 이러한 부정적인 평가는 대체로 카프 계열에 속했던 평자에 의해 수행된 것으로, 1930년대 말의 전망 부재라는 상태에서 자신들의 이념적 관점을 최명익의 작품에 거꾸로 투사한 것으로도 볼 수 있다.

이후에 최명익의 소설이 다시금 주목의 대상이 된 것은 1980년대 후반부터이다. 이러한 연구들은 대체로 세 가지 방향으로 이루어져왔다. 첫째 일제 시기 최명익 소설이 드러낸 모더니즘적 특성을 구명하는 연구, 둘째 최명익의 전향을 둘러싼 모더니즘과 리얼리즘의 연관성 및 사상 전향 과정에 대한 연구, 셋째 최명익 소설이 취한 내적 형식의 미학적 의미를 탐구하는 연구 등을 들 수 있을 것이다.

이 가운데 첫 번째 방향의 연구는 최명익의 소설이 일제의 군국주의화로 인한 혼돈과 모색의 시기에서 지식인의 자폐적이고 자의식적인 내면 심리를 바탕으로 당시의 속악한 현실과 타협하지는 않는 자존심 또는 결벽성을 드러냈다는 점에 큰 의미가 있다고 본다.[5)]

두 번째 방향의 연구는 일제강점기에 발표된 소설의 연속선상에서 해방 후 최명익이 보여준 변화를 설명하는 것이다. 이에 따르면 최명익 소설은 일제 말기에 이미 지식인 심리에서 기층 민중의 삶과 심리를 그리는 쪽으로 옮아갔는데, 이것이 해방 후 리얼리즘 소설로 나아갈 수 있었던 내적 동인이 되었다고 설명한다.[6)]

마지막으로 세 번째 방향의 연구는 최명익 소설과 근대성의 연관성을 드러내는 데 일차적인 중점을 둔다. 이에 따라 독서 모티프, 산책자 모티프, 기차에 대한 승차 모티프 등이 최명익 소설의 내적 형식으로서 근대성에 대한 미학적 성찰을 가능하게 한 것으로 분석되었다.[7)]

이와 같은 지금까지의 연구들을 볼 때, 최명익은 한국 모더니즘 소설의 한 전형을 드러내 보인 작가라고 할 수 있을 것이다. 그리고 그의 소설은 혼돈과 절망에 빠진 지식인의 심리를 통해 비록 식민지 상태에서 파행적으로 전개되었지만 근대화 과정에서 형성된 근대성에 대해 미학적인 성찰을 수행했다는 점에 큰 의미가 있다고 하겠다. 그러나 최명익의 해방 이후 작품에 대해서는 아직 본격적인 연구가 수행되었다고 보기 어렵다. 특히 1950년대 이후 최명익이 쓴 여러 소설들은 장편역사소설『서산대사』를 제외하고는 아직 실증적인 정리조차 제대로 이루어지지 못한 형편이다.

이 글은 최명익의 삶과 문학을 조명해보고자 하는 목적으로 쓰이는 것이다. 먼저 최명익의 삶을 출생기에서 문단 데뷔까지의 청소년기, 그 이후부터 해방 이전까지의 청년기, 해방 이후 1960년대 중반 무렵까지의 장년기로 나누어 살펴보고, 각 시기에 해당하는 작품세계를 구체적 작품을 거론하면서 살펴보기로 한다. 그러나 아직 최명익의 삶이 어떤 식으로 종결되었는지에 대해서는 그다지 밝혀진 바가 없고, 북한에서 쓴 소설들도 전편이 다 발굴되지 못한 상태이다. 이런 점을 감안한다면, 이 글 이후에도 최명익의 삶을 밝혀내는 글들이 계속 쓰여야 할 것이다.

2007년 11월
장수익

최명익

해방 이전의 삶

　최명익에 대해 현재 남한에서 구할 수 있는 자료는 그다지 많지 않다. 작품 외에 그가 남긴 몇몇 기록들이 있기는 하지만, 그의 가족에 대한 단순한 가계도조차 제대로 작성하기가 힘든 것이다. 아마도 남북한의 교류가 원활해지면, 북한 현지에서 최명익에 대한 자료를 좀더 많이 접할 수 있지 않을까 하지만, 현재 남한에서는 그 자료를 구하기가 난망한 상황이다. 그러므로 이 자리에서는 몇 가지 기록을 중심으로 그의 삶을 살펴보기로 한다.

　최명익은 1903년 7월 15일 평남 강서군 증산면 고산리에서 태어났다. 일설에는 1904년, 1907년 등 다른 해에 태어난 것으로도 알려져 있으나, 그가 남긴 자전적 기록을 근거로 역산해보면 1903년이 맞을 것이다.[8] 최명익은 육남매 가운데 둘째[9]였으며, 동생 최정익은 1937년에 평양에서 발간된 동인지 『단층』의 중심 멤버로서 활동한 바 있다. 당시 최명익은 『단층』의 후견인 역할을 했던 것으로 알려져 있다.

　최명익의 집안은 토착 부르주아 계급이었으므로, 최명익의 어린 시절은 경제적인 면에서 순탄했던 것으로 생각된다. 최명익은 아버지에 대해 "내적 생활의 무궁무진한 양식"이 될 정신적 영향을 미치지는 않았다고 술회하고 있지만, 둘의 관계는 원만했던 듯하다. 최명익의 아버지는 재산을 크게 모으면서도 남에게 해로운 일은 하지 않은, 최명익의 말에 따르면, "어느 정도의 어인술(御人術)과 화식지계(貨殖之計)"의 장점을 지닌 사람이었던 것이다. 최명익은 아버지에 얽힌 어린 시절의 추억에 대해 다음과 같이 술회한 바 있다.

　　나의 출생 전후──그러니까 그가 삼십 오륙 세 때 그는 평양 인천 간을 배로 왕래하여 크게 교역상을 했다는 것이 한 자랑이었다. 강계 지방의 산삼을 가지고 인천──청인상관(淸人商館)에 가서 당화(唐貨)나 마제은(馬蹄銀, 은을 녹여서 말발굽 모양으로 만든 것으로 화폐의 일종으로 쓰였음─인용자)으로 바꾸어 오던 길에 장산곶에서 풍랑을 만나 며칠을 표류하는 동안에 '심청'의 전설을 생각했던 것이라고 하며 어린 나에게 「심청전」 이야기를 들려 주었던 것이다.

그 후에 나는 언문을 배우자 곧 「심청전」을 사다 읽었지만 아버지에게 들은 이야기로 머릿속에 그렸던 황홀경이 '뺑덕 어미'의 그 능글능글한 사설로 그만 깨지고 말았던 것이다.

내가 팔구 세 때는 그는 촌장(村莊)에 집을 짓고 사랑에 '각설쟁이'를 불러다 「삼국지」를 듣고 있었다. 노인들이 둘러앉은 사랑방 윗목에 촛불을 밝히고 '각설쟁이'계 초시가 목침을 베고 누워서 「삼국지」를 읽는 것이었다. (……)

그때 나는 글방에서 글 읽기보다 계 초시의 「삼국지」가 재미나서 어서 자라는 재촉을 피하여 공방에 숨어 앉아 밤새도록 엿들었다. 그러기를 몇 해 하니 제구삼년 격으로 멋진 대목만은 따로 외게 되어 글방 동무들을 모아놓고는 목침을 돈아 베고 아무런 책이나를 말아 쥐고 계 초시 목청으로 「삼국지」를 제법 읽었던 것이다.

그런 때 들키면 아버지는 장난을 해도 그런 궁상스러운 장난을 해서는 못 쓴다고 책망하는 것이었다. 그런 때 나는 「삼국지」를 외는 것이 왜 궁상스러운 짓이 되는지를 이해할 수 없었다. 그뿐 아니라 당신네는 듣고 좋다고 하면서 그 「삼국지」를 읽는 것은 어째 궁상이냐고 여간만 불평이 아니었다.[10]

위 글에서 보듯이, 최명익의 아버지는 평양과 인천 사이를 배로 왕래하면서 산삼 따위를 거래하여 많은 재산을 모은 토착 부르주아였다. 상당한 재산을 모았던 그는 최명익이 8, 9세 되던 무렵, 곧 1910년 일본의 한반도 강점이 시작되던 무렵에 사업을 접고서 평양 외곽의 농촌에 집을 짓고 이사했다. 최명익의 아버지는 당시 여유 있는 집안에서 흔히 그러했듯이, 식객으로 이야기꾼을 불러들여 그 이야기를 듣는 취미가 있었는데, 이것이 어린 최명익이 처음으로 문학을 접하는 계기가 된 것으로 보인다.

최명익은 어릴 적에 몸이 약해 병치레가 잦았다. 그 때문에 아버지는 어린 최명익을 집 가까운 곳의 작은 사설 학교(글방)에 다니게 했다. 그러는 가운데 최명익은 바깥에 나가 놀기보다는 아버지가 취미 삼아 사들인 많은 이야기책을 읽으면서 뒹구는 때가 많았다.[11] 아울러 위의 글에서 보듯이, 이야기꾼이 읽어주는 이야기에 심취하여 친구들에게 이야기꾼 행세를 하면서 구연하곤 했다. 이와 같은 집안 환경은 최명익이 소설가의 길에 들어서게 된 원형적인 체험을 이루는 것이 되었다.

일제에 의해 공식적으로 조선이 일본에 강점되었을 당시 최명익은 8세였다. 최명익이 다니던 학교에는 늙은 선생이 한 명뿐이었는데, 일본의 강점 소식을 전해 듣고 늙은 선생이 통곡하던 모습은 최명익에게 선명한 기억으로 남았던 것 같다.[12] 특히 그 선생이 알려준, 을지문덕·강감찬·이순신에 대한 이야기는 어린 최명익에게 그 나름의 민족의식을 심어주었다. 그러나 그 늙은 선생이 헌병대에 붙잡혀 감에 따라 사설 학교는 문을 닫았고, 일제에 의해 인근에 세워진 보통학교에 들어가서 교육을 받게 되었다.

이후 최명익은 만 14세가 되던 1916년에 집을 떠나 평양고등보통학교에 입학하게 된다. 본가는 계속 평양 외곽에 있었으므로, 최명익은 아버지의 손에 이끌려 평양의 한 하숙집에서 학교를 다니게 되었다. 아들을 홀로 남겨놓고 돌아서는 아버지에게서 본 눈물은 최명익에게 아버지의 자애로운 정을 느낀 소중한 기억으로 남았던 것 같다.

그러나 아버지는 최명익이 평양고보에 입학한 다음해인 1917년에 갑작스레 사망하고 만다. 막내가 겨우 세 살이었으며, 어머니는 아직 젊었던 때였다. 물론 아버지가 남긴 상당한 재산이 있었던 만큼, 생활에 큰 어려움을 겪지는 않았던 것으로 보인다. 그러나 유산을 노리는 주위사람들의 등쌀에 최명익의 가족은 한동안 시달렸으며, 결국 그로 인해 많은 재산을 날리게 되었던 것으로 보인다.

어린 것들을 한 손에 맡은 내 어머니의 심로(心勞)——어린 나로서도 역력히 헤아릴 수 있는 그 심로가, 아직도 남아 있는 내 감상벽(感傷癖)을 만들었을는지도 모를 것이다. 그리고 약간한 가산(家産)을 당치 않게 넘겨다보는 악덕 군상의 배신——그것이 인간성에 대한 내 불신임안을 초(草) 잡았을는지도 모를 것이다. 마치 파소(破巢) 중의 그 알[卵]들이 어째서 구전(具全)함을 바라랴——한 그 말대로 아버지의 불행을 뒤이어 화불단행(禍不單行) 격으로 재패입패(財敗入敗)가 접종(接種)했던 것이다. 그런 숙명적 불행이 내 성격에 침울한 일면의 그림자를 던졌을는지도 모를 것이다.[13]

아버지가 돌아간 후, 가족들이 겪은 여러 어려운 상황은 최명익에게 충격을 주었던 것으로 보인다. 위 글에서도 보듯이, 인간성에 대한 회의를 심각하게 느끼는 경험을 했던 것이다.

평양고보를 다닐 무렵, 최명익은 레프 톨스토이를 처음으로 접하게 된다. 고보 2, 3학년 무렵이었던 1917~18년 문학에 관심이 있던 친구들과 모여서 일본 신문이나 잡지에 실린 톨스토이에 얽힌 일화를 두고 담소를 나누기도 했고, 톨스토이의 『유년시대』와 『청년시대』를 일본어 번역으로 읽기도 했다. 이 두 책을 읽는 동안, 최명익은 그 내용을 다 이해

할 수는 없었지만, 작가란 위대해 보일지라도 평범한 구석이 있는 그런 사람들이라는 것을 알게 되었고, 자신도 작가가 되겠다는 꿈을 다질 수 있었다.

그러나 최명익은 톨스토이 작품에서 심각한 문학적 감화는 그다지 받지 못했던 것 같다. 청소년기의 최명익으로서는 잘 이해가 되지 않는 부분이 많았기 때문이기도 하지만, 톨스토이의 호방하고 단정적인 필치가 그보다는 사색적이고 우울한 고민형으로 자리를 잡아가던 최명익의 성격과 그다지 맞지 않았기 때문인 것으로 보인다. 하지만 이와 같은 문학적 경험은 최명익에게 작가가 되고 싶다는 희망을 구체적으로 품게 해주었다. 이 시절 그는 책을 읽다가 좋은 문장이라고 생각한 것을 따로 적어두고 외우기도 했다.

1919년 3·1운동 직전에 최명익은 서울에 잠시 들른다. 고보를 졸업하지는 않았던 때였다. 그때 서울에서 최명익은 독립선언을 한 33인 가운데 한 사람의 집을 찾아가 그 옆에서 거사에 대해 논의하는 것을 듣기도 했다. 3월 1일 당일에는 종로의 탑골공원에서 독립선언서가 낭독되는 것을 직접 듣고 만세운동에 참여하기도 했다.

최명익이 3·1운동을 어떻게 겪었는지는 다음의 술회에서 잘 드러난다.

우리의 시위 행렬이 들어서자 일본 상인들은 상점문을 닫아걸고 숨어버렸다. 그러나 이따금 우리들의 머리 위로 송곳과 손칼들이 떨어졌다. 윗층에서 내려던지는 것이었다. 그때마다 빠끔히 열린 판장 덧문 참으로 악에 받친 놈들의 눈망울과 낯짝이 보였다. (……)

그 이튿날 나는 평양으로 돌아왔다.

평양도 계엄 상태였다. 거리마다 횡행하는 기마 헌병들의 말발굽 소리가 소란하고 일본군의 총창이 번득이었다.[14]

평양으로 돌아온 최명익은 평양에서의 만세운동에 적극 참여한다. 거리에 나가 시위대와 같이 움직이고, 독립선언을 담은 선전 삐라를 뿌리기도 하였다. 그러나 이와 같은 활동이 학교에 알려지고 문제가 되자 평양고보를 그만두게 된다.

여기서 주목할 것은, 최명익의 어머니와 형도 평양에서의 3·1운동에 관련되어 일제에 검거된 후 3년간의 금고형을 받고 옥중에서 죽었다는 설이다. 이 설이 사실이라면 최명익에게 3·1운동은 평생 잊을 수 없는 상처로 남았을 것이며, 일제에 대한 증오심이 내면 깊숙이 뿌리박히게 된 계기가 되었다고 할 것이다. 그러나 3·1운동을 술회한 자전적인 글에서도 이러한 사실을 언급하지 않은 것을 보면, 이러한 설이 사실로 확인되는 데에는 다른 증거가 더 필요할 것으로 보인다.

작가가 되려는 결심을 완전히 굳힌 것도 이 무렵인데, 평양고보를 그만둔 이후 그는 『맹자』, 『삼국지』 등을 읽으면서 한문을 독학하는 것으로 잠시 소일하게 된다. 앞으로 문학을 하는 데 한문을 알 필요가 있다고 생각했기 때문이었다. 의학이나 법학을 공부하기를 원했던 부친의 소망을 그때까지 버리지는 않았지만, 3·1운동을 겪으면서 최명익의 심경에는 많은 변화가 생겼던 것이다.

1921년 최명익은 일본 도쿄로 유학을 떠난다. 그러나 건강이 그다지 좋지 못했기 때문에 대학 진학을 포기하고, 대신 도쿄 세이소쿠(正則)영어학교에 입학했다. 그러나 이미 학업보다는 문학에 더 관심이 쏠려 있던 상태였다. 특히 이때부터 최명익이 거의 사숙하다시피 큰 관심을 기울였던 작가가 바로 도스토예프스키이다. 당시 일본 문단에서는 톨스토이의 열풍이 사그라들고 그 자리를 도스토예프스키가 메우고 있었는데, 최명익도 각종 잡지와 서적을 통해 도스토예프스키를 알게 되었던 것이다. 도스토예프스키와 관계된 체험에 대해 최명익은 후일 다음과 같이 술회한 바 있다.

나도 도스토예프스키를 읽기 시작했다. 이때의 내가 느꼈던 바를 한 마디로 말하면 전에 몰랐던 어떤 한 새로운

세계가 내 앞에 전개된 듯했다. 일본 평론계에서는 '심령
(心靈)의 세계'라고 했다. 이전에는 몰랐던 경지의 문학이
라 우선 호기심에 끌렸던 것은 말할 것도 없고, 그래서 막
읽어가는 동안에 어느덧 중독 상태에 이르렀다.

다 알다시피 도스토예프스키의 작품들은 작중 인물들의
신음 소리로 가득 차 있는 문학이다. 그런데 바로 그 신음
소리에 매혹을 느끼면서 파고들듯이 거듭거듭 읽는다는 것
은 단순히 '영향' 정도로 설명될 것이 아니라 하나의 '중
독' 상태라고 할 것이었다. 몸도 마음도 창백했던 나는 도
스토예프스키의 신음 소리가 매혹적일 뿐만 아니라 거기
서 어떤 위안을 찾은 것 같기도 했던 것이다.[15)]

이와 같은 술회에서 알 수 있듯이, 최명익은 식민지 청년
으로서 자신이 지닌 울분과 고뇌와 유사한 고뇌를 도스토예
프스키에게서 발견했던 것이다. 이에 더하여 최명익은 도스
토예프스키 소설 가운데 한 구절을 강조하여 언급한다. 그
구절의 내용은, "나라는 어떤 사람이 전혀 예상도 안 했던
누구에게 참을 수 없는 모욕을 당해서 그 마음에 회복될 수
없는 상처를 입은 경우에" "그 사람이 그 때문에 당장 처벌
을 받고 심지어는 죽어서 그 영혼까지도 지옥의 고초를 당하
게 된다 하더라도 이미 상한 나라는 사람의 자존심과 심령의

상처가 회복"되지는 않는다는 것이다. 이 구절에 대해 최명익은 "자기 스스로를 빠져나갈 구멍은 고사하고 숨쉴 틈바구니조차도 없는 무쇠 상자 속으로 틀어박는 투의 사고 방식으로써 자기를 괴롭히고 있는 것"이라 평가하면서도 그러한 심경에 대해 자신의 처지와 비슷하다는 동감과 친밀감을 느꼈다고 적고 있다. 이러한 언급은 이후 최명익의 소설에서 어떻게 해서 도스토예프스키의 영향이 검출되고, 아울러 그의 소설이 어떻게 해서 자학적이지만 현실에서의 패퇴감이 전제된 고뇌를 그려낼 수 있었는지를 설명해준다.

이 시기 최명익은 독서에 심취해 도스토예프스키를 비롯한 문학책 외에도 니체 등 철학서적도 접했던 것으로 추측된다. 이와 같은 독서의 경험은 이후 「비오는 길」이나 「무성격자」 같은 작품에서 주인공의 성격을 구현하는 중요한 특징으로 활용된다. 독서는 그들에게 있어 세속적인 인물과 구별하는 유력한 특징으로 나타나는 것이다.

한편 최명익은 독서 외에 미술에도 큰 관심을 가졌다. 미술전람회를 찾아다니면서 화가들과 대화를 나누기도 하고, 미술에서 얻은 것을 문학적으로 소화해내려고 노력하기도 하였다. 이에 대한 최명익의 술회를 보면 다음과 같다.

나는 늘 소설과 그림을 연결해 생각하는 습관이 있다.

일본에 가 있을 때부터 미술 전람회라면 부지런히 다녔고 또 될수록 화가들과 이야기할 기회를 얻으려고 했다. 화가들은 그림을 전람회장에 내걸기 전에 데생 공부를 많이 한다. 데생이 화가가 되는 기초 공부이듯이 소설가가 되는 데도 그런 무엇이 있지 않을까? 이런 생각을 하면서 나는 그림 앞에 섰고 화가들의 설명을 듣기도 했다. (……)

화가들의 말을 들으면 데생은 대상을 정확히 볼 줄 아는 관찰력과 동시에 정확히 본 대로 그 대상을 사생할 수 있는 필력을 기르기 위한 것이라고 한다. 그렇다면 소설가도 명확한 도상으로써 독자를 설복하기 위해서는 데생 공부가 필요하지 않겠는가? 나는 이렇게 생각하면서 내가 하고 싶은 말과 독자에게 보이고 싶은 인물이며 정경을 명확히 묘사하고 서술할 수 있었으면 하는 염원으로 노력해 보았다.[16]

문학과 철학·미술 등에 대한 다양한 경험을 통해 도쿄 유학시절 최명익은 작가로서의 수련 과정을 거쳤다. 흔히 최명익의 소설은 심리주의적인 것이라 해서 사실적인 묘사와 관련이 없는 것으로 생각하지만, 실제로 그의 묘사력은 심리적인 것에 머물러버리는 것이 아니다. 「비오는 길」이나 「심문」, 「봄과 신작로」 등에 나타난 풍경이나 거리에 대한 묘사는 그가 대상을 정확하고 경제적인 필치로 드러내는 데 탁월한 능력을 지녔음을 잘 보여준다. 그러한 능력은 이 시기의 문장 수련과 함께 미술에 대한 깊은 경험에서 형성된 것[17]이라고 할 수 있다. 한편 묘사에 대해 이후 최명익은 다음과 같이 술회한 바 있다.

그리고 표현이 문제였다. 나는 단어 하나를 고르는 데도 무진 애를 써야 했다. 나는 어쩐지 내가 써가는 단어의 하나하나가 그 정확성 부정확성을 따라 육체적으로 다른 감각을 일으키는 것 같았다. 제자리에 들어맞지 않는 부정확한 단어일 때에는 긁으려고 해도 어덴지 몰라서 긁을 수도 없이 그냥 가렵기만 한 데가 있는 것 같은 안타까움을 느끼게 된다. 이런 말을 집어넣어보고, 저런 말로 바꾸어보며 애쓰다가 정확한 어휘가 붙잡힐 때에는 가슴에 무엇이 듬뿍 안기는 것 같은 감각을 느낀다. 그것이 절실감, 핍진감이라 생각한 나는 그런 말을 골라내고야 만족하는 습성이 생겼다.[18]

이러한 인용에서도 최명익이 대상을 적확하게 표현하는 능력을 중시했고 그것을 가지려 노력했음을 잘 알 수 있다.

이후 최명익은 도쿄 세이소쿠영어학교를 졸업하지 못하고

귀국한다. 귀국한 이유와 일시는 정확하게 밝혀져 있지 않지만, 시기상으로 볼 때 1923년 9월 1일 발생한 관동대지진과 연관된 것으로 추측할 수 있다. 당시 많은 유학생들이 관동대지진으로 인한 조선인 학살을 피해 귀국하였고, 이후 다시 일본으로 돌아가 유학하는 것을 포기했던 것처럼 최명익도 그러하지 않았을까 생각되는 것이다.

도쿄에서 돌아온 최명익은 24세 되던 해인 1926년 경기도 양주군 출신의 양은경과 결혼한다. 두 사람은 서울에서 만나 연애 끝에 결혼한 것으로 알려져 있다. 신접살림은 평양 외성구역 창전리에서 차렸으며, 남은 재산을 모아 소규모의 초자공장(유리병 공장)을 경영하여 생활비를 댄 것으로 추정된다.[19] 최명익과 양은경의 사이에는 딸 둘과 아들 하나가 태어났으나, 두 딸은 어려서 병으로 죽었다. 두 딸의 죽음은 최명익이 더욱 문학에 전념하는 계기가 되었다.

그리고 1926년 최명익은 수양동우회의 창립 회원으로 참여한다. 그러나 이광수가 주축이 되었던 이 민족주의 단체에 대해 최명익은 그다지 좋은 인상을 받지 못했던 것으로 보인다. 뒤에 다시 다루겠지만, 최명익이 이광수의 민족주의에 대해 좌익적 관점에서 강렬하게 비판했던 것도 이 시기 수양동우회의 경험이 그다지 좋지 않았기 때문일 것이다.

1928년 1월 최명익은 같이 문학을 습작하던 친우들인 홍종인 · 김재광 · 한수철 등과 함께 동인지 『백치』를 만든다. 이 동인지는 모두 2호가 나왔는데, 2호는 그해 7월에 간행되었다. 이 동인지에 최명익은 '유방'(柳妨)이라는 필명으로 소설 「희련시대」(1호), 「처의 화장」(2호)을 각각 발표하였다. 그러나 이 동인지는 그다지 주목받지 못했고, 그의 문학 활동은 다시 소강상태에 머무를 수밖에 없었다. 이 소강상태는 1936년 무렵까지 지속된다. 그 사이에 최명익은 「붉은 코」라는 콩트를 1930년 2월 6일 『중외일보』에, 「목사」라는 콩트를 1933년 7월 29일과 8월 2일 『조선일보』에 각각 발표했고, 『비판』 1931년 9월호에 「이광수 씨의 작가적 태도를 논함」이라는 평론을 발표하였다.

이 가운데 「이광수 씨의 작가적 태도를 논함」은 최명익의 유일한 평론이며, 민족주의를 대하던 당시의 사상적 태도가 잘 드러나 있다는 점에서 흥미롭다. 이 평론은 이광수의 「여의 작가적 태도」라는 평론을 비판한 것인데, 이에 대해서 잠시 살펴보기로 한다.

전술한 나의 논지는 주로 민족주의자인 이광수 씨는 문예를 씨가 신봉하는 민족운동의 찬미와 선전의 수단과 방방편(방편―인용자)으로 이용하기 위하여서만 문예작가 생활의 의의라기보다 필요를 느끼리만치 씨는 극단의 문예공리주의자라는 것과 동시에 씨는 문예가로서 사실주의적 태도를 취한다고 하였지만 이론상으로나 씨의 작품에 나타난 실증으로 보아서 씨는 사실주의적 작가가 아니요 도리어 씨 스스로가 부인하는 이상주의 작가임을 증명하고 또는 씨가 자칭 사실주의 작가라 운운함은 씨의 작품을 조소한 평가에 대한 일종 강변임에 틀림없다는 것을 지적하려 하였음이요, 부러는 씨가 작가적 태도로써 시대상을 관찰함에 경제학적 사회과학적 근거 위에서 하지 않고 민족주의라는 일종의 관념론으로써 착취 피착취의 계급성을 전연 무시하고 언어, 생활상태, 관습이 같은 민족이니까 민족주의 기치 하에 일률적으로 단결하라고 강요하며 꺾기 쉬운 약한 나뭇가지라도 여러 개를 합하면 용이히 꺾들 못한다는 예를 들어 어버이가 자식들에게 형제간 화목 단결을 훈강한 소학교 수신서 식의 설교로 민족의식과 민족애를 고조키 위하는 이 부진한 타협과 인종의 덕과 도식겸양과, 내성의 통속 도덕을 설교하는 작가이라는 것을 말하려 한 것이다. (……)

이와 같이 현 사회상의 유물적 근거를 조금도 관심치 않고 늘어놓는 씨의 설교를 나는 통속적 윤리관이라고 하는 것이다.[20]

이 글에서 최명익은 이광수가 민족주의를 내세운 통속적 이상주의의 작가일 뿐이라고 비판하고 있다. 그것은 이광수의 문학이 "시대상을 관찰함에 경제학적 사회과학적 근거" 곧 "현 사회상의 유물적 근거"에 조금도 관심을 두지 않으며, 결국 "착취 피착취의 계급성을 전연 무시"하기 때문이라는 것이다. 이러한 관점에서 이광수는 민족주의라는 일종의 관념론을 독자에게 강요 내지 설교하는 문학으로 최명익에게 간주된다. 그리하여 최명익은 계급적 성격을 무시한 일률적인 단결의식과 민족을 담보로 한 공동체적 유대감을 강조하는 것에 대해서도 강력하게 비판한다.

이와 같은 최명익의 비판은 역설적으로 그 자신의 관점을 드러내는 것이기도 하다. 적어도 이 시기에 최명익은 진정한 사회주의자 또는 공산주의자는 아니었을지라도, 그러한 사상에 일정 부분 공감하고 있었다는 것이다. 최명익은 비록 3·1운동에 뛰어들었던 적이 있고 식민지 청년으로서 고뇌와 좌절감에 젖어 있었지만, 이광수 식의 관념적이고 추상적인 민족주의는 그러한 고뇌와 좌절을 해소하는 데 별 도움이 되지 않는다는 것을 언명하고 있는 셈이다.

이와 같이 민족주의보다는 내심 좌익사상에 공감을 느꼈던 사상적 태도는 이후 「심문」에서 사회주의자의 좌절을 그려내는 바탕이 되었던 것이며, 나아가 해방 이후의 사상적 전향을 능동적으로 하게 되는 근거가 되었던 것이라 추론할 수 있다.

1936년 최명익은 『조광』 4월호와 5월호에 「비오는 길」을 발표하여 일약 문단의 주목을 받는 신진소설가로 등장하게 된다. 일례로 엄흥섭은 이 작품을 두고 도스토예프스키의 수법을 사용하여 신인의 작품으로서는 보기 드문 무게를 지닌 역작으로 평가하고, 신세대 작가들 가운데 가장 뛰어난 작가로 고평했다.[21]

그러나 이후에도 최명익이 많은 작품을 발표한 것은 아니었다. 1937년 최명익은 「무성격자」를 『조광』 9월호에 발표하고, 1938년 2월에서 3월 『여성』에 「역설」을 발표한다. 1939년에는 1월에 「봄과 신작로」를 『조광』에, 2월 2일에서 25일까지 「폐어인」을 『조선일보』에, 6월에 「심문」을 『문장』에 각각 발표한다. 이후 1941년 4월 『문장』에 발표한 「장삼이사」까지 포함한다면, 그가 일제강점기 동안 정식으로 발표한 소설은 모두 일곱 편에 지나지 않는다.

그러나 이 일곱 편의 작품만으로도 최명익은 당대의 모더니즘 소설 또는 신세대 소설 가운데 가장 탁월한 작품을 쓰는 작가로 인정받았다. 예를 들어 백철은 1938년에 발표된 작품 가운데 「역설」을 가장 탁월한 작품으로 평가하면서, 비록 자조로 일관하고 있지만, 그 자조는 자포자기하는 것이 아니라 새로운 생활을 찾아보려는 마음에 냉혹한 채찍을 가하는 것이라 긍정적으로 보았다. 그리고 이와 같이 자기를 격려하는 침착하고 무게 있는 작가적 태도에 신뢰감을 갖게 된다고 했다.[22] 김동리 역시 최명익을 작가적 기술과 태도에서 가장 믿을 수 있는 신세대 작가라고 높게 평가하였다. 그는 최명익의 「비오는 길」과 「심문」에 대해 결말을 맺는 기술이 매우 수준이 높고, 아울러 인생의 순수성과 청신성을 빚어내는 데 성공한 매우 뛰어난 작품이라고 보았다. 특히 김동리는 최명익 소설의 특징이 빛과 어둠, 생과 사, 북구적 인간성과 동양적인 식물성 등이 조화를 이루는 독특한 세계를 구축하고 있다고 평가하였다.[23]

물론 최명익의 작품이 긍정적인 평가만 받은 것은 아니었다. 특히 당시 벌어진 신세대논쟁에서 최명익 · 허준 · 현덕 · 김동리 · 정비석 등의 신세대 작가에 대해 부정적인 입장을 드러냈던 카프 계열의 비평가들은 최명익 소설을 비판적으로 바라보았다.

임화는 최명익의 소설이 의지가 박약한 지식인의 퇴폐적인 일면으로 무의미한 자존심을 유지하기 위해 세상에 대한 체념을 되풀이하는 내용을 보여준다고 보았다. 특히 「심문」은 한 시대의 지적 분위기를 재현하는 데에는 성공했지만, 우유부단하고 부진불퇴하는 당시 소설의 분위기에서 벗어나지 못했다고 비판했다.[24] 김남천 역시 최명익 소설이 소시민적인 지식인의 정신적 일면을 심리주의 수법으로 드러냈지만, 결국 거추장스러운 자의식의 시계에서 벗어나지 못하는 것은 작가 자신이 사상적 변화를 자기 문제로 접해본 경험이 부족한 탓이라고 보았다.[25] 그러나 최명익의 소설은 이렇게 부정적으로 평가한 평자들에게도 일단은 관심의 대상이 되었으며, 그 묘사의 정밀함이나 문제의식의 깊이는 부정되지 않았다고 할 수 있다.

한편 최명익은 1937년에 아우 최정익과 유항림 · 김이석 등이 주축이 되어 동인지 『단층』을 발간할 때 재정적 후원자이자 평양을 중심으로 한 지방문단의 후견자로서 『단층』의 성격에 지대한 영향을 주기도 했다. 현재까지 『단층』 동인에 대한 연구들이 거의 최명익과의 연관성에 주목하는 것도 그 때문이다.[26] 그러나 동생 최정익은 유항림이나 김이석과는 달리 『단층』 이후 뚜렷한 활동을 보여주지는 못했다.

1940년경부터 근 2년간 최명익은 소설을 발표하지 않는다. 여기에는 중요한 심경 변화가 있었던 것으로 추측된다. 지식인의 자폐적인 자의식을 그리는 작품은 「폐어인」과 「심문」 이후로 중단되었는데, 그러한 도스토예프스키적인 고뇌로써도 당시 날로 각박해지던 일제 말기의 상황을 견뎌낼 수 없었기 때문이다. 이 시기의 심정에 대해 최명익은 다음과 같이 우회적으로 술회한 바 있다.

　도스토예프스키는 어느 장편에선가, 그 끝에 가서 작자
인 자기가 전 장편을 통해서 빚어낸 모든 비극적인 운명과
고통을 낱낱이 뒤집어씌웠다고도 할, 한 영락한 여인과 그
의 어린 것들을 거리에서 방황하게 하고 역시 또 그러한
'인생고'를 지니고 다니는 한 청년으로 하여금 그들 앞에
서 엎드려서 통곡하며, 그들과 자기가 겪고 있는 '인생고'
앞에 머리를 조아려 절하면서 또 그런 허다한 고통을 지니
고 있다고 생각하는 대지——즉 '수난의 대지'인 땅에다 입
을 맞추는 장면을 소리 높여 울부짖는 듯한 문장으로써 묘
사했다.

　이 역시 내가 젊은 한때 매력을 느끼며 읽었던 한 장면
이다. 그러나 이러한 세계에서는 더 배겨낼 수가 없고 따
라서 자기를 그런 투로 학대할 필요나 이유는 어디 있을
까? 하는 생각이 들자부터는 도스토예프스키의 그 '심령
의 세계'라는 것이 싫증이 났다. '잔인한 천재'의 그 '심각
성'이라는 것에서는 일부러 꾸며보이는 작태와 '신파'식으
로 과장된 목소리가 느껴지기도 했다.[27]

지식인의 고뇌어린 자의식을 그리는 심리주의적 경향은

이러한 생각의 전환으로 나타난다. 뒤에 다루겠지만,「심문」에서 그려진 현혁이라는 사회주의자의 폐쇄된 자의식과, 그 자의식이 빚어낸 종말은 이 시기 고뇌를 바라보는 최명익의 태도가 간접적으로 드러난 것이기도 하다. 곧 그는 지식인의 섬세한 자의식으로는 일제 말기에 대두한 삶의 문제를 헤쳐나갈 길이 없다는 것을 깨닫고 있었던 것이다. 그러한 그에게 다가온 것은 기층 민중들의 삶이었다. 이미「봄과 신작로」에서 그러한 일단을 드러낸 바 있었지만, 최명익은 1941년「장삼이사」를 발표한다. 이 소설은 기층 민중의 삶의 방식을 바라보는 지식인의 관점을 드러낸 것이었다. 그렇게 해서 비춰진 기층 민중들의 삶의 방식은, 지식인의 고뇌어린 관점으로서는 알 수도 이해할 수도 없는, 그러나 무언가 생생한 것이었다. 그렇지만 이 시기까지 최명익이 기층 민중에 대해 전적으로 긍정적이지는 않았다. 아직도 지식인적인 관점에서 민중들에게 우월감을 느끼는 측면이 남아 있었다.

1942년 무렵부터 최명익은 그나마 간간이 발표하던 수필도 일체 발표하지 않고 문학적인 침묵의 기간을 보낸다. 날로 악화되어가던 시대적 상황 속에서 최명익은 소설을 쓰는 대신 새롭게 인수한 담배공장을 운영하는 데 전념하였던 것이다. 그러나 1944년 무렵 최명익은 더 이상 일제 말기의 압박을 못 이기고, 그동안 살았던 평양 외성구역 창전리를 떠나 평남 강서군 취롱리 소재의 외가에 은거하게 된다. 이렇게 강서군에서 은거할 때의 최명익의 내면은 그가 해방 이후에 발표한 중편소설 「맥령」의 전반부에 자전적으로 술회되고 있다.

그러나 이 시기의 최명익에게 문학을 향한 열정이 식은 것은 결코 아니었으며, 동시에 지식인의 고뇌에 침잠하는 것에서 벗어나야 한다는 문제의식도 완전히 없어진 것은 아니었다. 이와 같은 상황 속에서 최명익은 해방을 맞게 된다. 무정부주의적인 지식인의 고뇌를 넘어설 하나의 잠정적인 대안으로 사회주의적 이념이, 그리고 지식인의 자폐적 삶 대신 기층 민중의 고난에 차 있으나 활기 있는 삶이 해방을 맞은 그를 기다리고 있었다.

해방 이전 시기의 작품세계

「비오는 길」—도스토예프스키적 산책과 독서

기존의 연구에서 주목된 것처럼 한국문학사에 등장한 산책자로는 대표적으로 박태원의 '구보'를 들 수 있다. 그렇지만, 최명익의 「비오는 길」의 주인공인 병일 역시 그 같은 유형에 속하는 인물로 분석할 수 있을 것이다. 무엇보다 병일은 보들레르처럼 선발 근대화국가의 상황과는 근본적으로 구별되는 식민지 상태의 지식인이 행하는 산책은 어떠할 것인지 잘 보여준다.

주지하다시피 '산책'의 중요성을 처음으로 언급한 것은 발터 벤야민이다. 그에 따르면 보들레르로 대표되는 산책자는 근대적 도시의 거리가 주는 불안·역겨움·전율을 경험하는데, 그것은 대부분의 군중이 일상성 속에서 충격에 숙련되기를 강요받으면서 잊어버린 근대의 '진정한 경험'으로 그 의미가 부여된다. 이러한 산책자의 의의는 도시군중들과 비교할 때 드러난다. 노동자들이 분업화된 공장에서 기계가 애당초 주었던 충격을 익숙한 것으로 받아들이면서 차츰 숙련공이 되는 것처럼, 군중들 역시 혼잡한 거리가 주는 충격을 '익숙한 일상적 체험'으로 받아들이고 있는 것이다.

　많은 사람들은 그들의 생업에 종사해야만 하지만 사적인 생활을 즐기는 한량은 그러한 테두리로부터 벗어난 후에라야만 거리를 산책할 수 있는 것이다. 완전한 여가가 지배하는 분위기는 도시의 열띤 혼잡 속과 마찬가지로 거리 산책자에게는 어울리지 않는다. (……) 파리의 거리 산책자는 이 둘 사이의 중간적 유형이라고 할 수 있다.[28]

그러나 산책자가 군중들에 대해서만 대립하고 있는 것은 아니다. 벤야민은 산책자를 생업에 매달려 바쁘게 움직이는 군중과 대립시키는 것과 함께, 현실과 절연되어 '완전한 여가'를 누리는 무위도식자와도 대립시킨다. 곧 산책자는 군중과 무위도식자의 '중간자적 유형'으로서, 군중들에 대해 '적당한 정도'의 물리적 또는 심리적 거리를 두어야만 존재할 수 있는 것이다. 벤야민이 파리 거리를 산책하는 보들레르를 묘사할 때 주안점을 둔 것도 이 점인데, 산책자는 거리의 대상들에 관심을 기울일 수도 있고 동시에 자유롭게 그로부터 무관심할 수도 있는 것이다.

　이러한 벤야민의 논지와 관련하여 상기할 것은 보들레르의 당디즘에 내재된 양면적 성격이다. 하버마스에 의해 근대적 개인성의 대표적인 예로 지적된 바 있는 당디즘은 범속한 군중들에 대한 자신의 우월성을 강조하는 심리로 나타난다. 보들레르는 군중들이 속물적인 일상성에 휘말려 늘상 체험하면서도 깨닫지 못하는 사물들의 가치──이는 체험과 구별되는 경험 속에서만 인식된다──를 깨닫고 있는 유일한 사람으로 자신을 간주하는데, 이것이 보들레르에게는 군중에 대한 우월감의 원천이 된다. 고독이 산책자의 특징적인 감정 상태로 되는 것도 이처럼 군중과 자신을 엄격히 구별하는 당디즘에 기인하는 것이라고 할 수 있다. 그러나 고독은 산책자에게 기쁨과 만족만을 주는 것은 아니다. 우월감으로 인한 고독은 비록 능동적으로 선택된 것이기는 하지만, 다수로부터 소외된 자의 고통도 동반하는 것이기 때문이다. 그럴 때 산책자는 고독으로 인한 고통을 벗어나려면, 역설적으로 군중들에게 다시금 매달릴 수밖에 없다. 군중들 외에 산책자가 자신의 고독을 풀어줄 대상을 발견할 수는 없기 때문이다.

　한편 이러한 산책자의 양면성은 알렉상드르 코제브가 말한 근대적 개인의 양면적 심리, 곧 현실편입 욕구와 현실부정 욕구에 각각 대응하는 것으로 생각된다. 산책자는 거리의 군중을 경멸하거나 세속적 가치를 부정하면서도, 범속한 군중들에게 매달려 자신의 가치를 인정받고자 하는 양가적인 심리상태를 가지고 있는 것이다. 그런 점에서 벤야민이 말한 군중은 현실편입 욕구에, 무위도식자는 현실부정 욕구에 대응하는 것이라고 할 수 있다. 그렇다면 군중과 무위도식자는 근대인의 심리적 양극을 표상하는 존재가 되는 셈이며, 이로써 이러한 양극을 가진 산책자는 근대인의 내면적 갈등——현실에 맞설 것인가 타협할 것인가——을 전형적으로 드러내는 존재가 된다고 할 수 있다.

최명익의 「비오는 길」의 주인공 병일 역시 산책자 유형에 속하는 인물로 분석할 수 있을 것으로 보지만, 병일을 산책자로 보기 위해서는 다음과 같은 두 가지 난점이 있는 것으로 생각된다. 첫째, 각기병에 걸린 약한 몸을 이끌고 하숙집과 공장 사이를 허우적거리며 오가는 병일의 모습은 하는 일 없이 한가로이 걷고 있는 보들레르적인 산책자와는 거리가 멀다는 점이다. 사실 병일이 처음부터 산책자인 것은 아니다. 공장의 서사이자 급사인 그는 "운명적으로 군중들과 같은 계급에 속하는" 것이다.

대개가 어두운 때이었으므로 신작로에도 사람의 내왕이

드물었다. 설혹 매일 같이 길을 어기는 사람이 있어도 언제나 그들은 노방의 타인이었다.

　외짝거리 점포의 유리창 안에 앉아 있는 노인의 얼굴이나 그 곁에 쌓여 있는 능금 알이나 병일이에게는 다를 것이 없었다.[29]

　더군다나 병일은 거리의 군중들이 그러하듯이 스치는 타인에 대해 전연 관심을 가지지 않는다. 이 같은 병일의 의식은 위의 인용문에서 보듯이 "노방의 타인"이라는 구절로 요약되어 제시된다. 그에게는 거리에 있는 사람('노인')이나 사물('능금 알')이 서로 다를 바가 없다. 매일 거리를 지나다닌다 해도 그것을 산책으로 볼 수 없는 것도 그 때문이다.

　그러나 병일이 계속 군중의 모습으로만 머물러 있는 것은 아니다. 무엇보다도 병일은 자기만의 생활을 위한 것으로 '독서' 그것도 난해한 도스토예프스키와 니체에 대한 독서에 큰 의미를 두면서 군중들과 자신을 구별하려 한다. 그리고 그러한 독서는 병일 혼자만의 공간인 하숙방에서 이루어진다. 이러한 독서를 무위도식자의 삶을 지향하는 것으로 볼 수 있다면, 병일은 객관적으로는 군중에, 주관적으로는 무위도식자에 해당하는 심리적 양극을 가진 것으로 판단할 수 있다.

한편 이는 병일이 공장 주인을 대하는 이중적 태도에서도 암시된다. 병일은 주인의 신임을 얻기 위해 신원보증인을 얻으려 이리저리 궁리하면서도, 자신을 믿지 않는 주인에게 불쾌감과 함께 속물에 대한 경멸감도 같이 느낀다. 요컨대 병일은 코제브가 말했던 현실편입 욕구(군중)와 현실부정 욕구(무위도식자) 사이에서 갈등을 느끼고 있는 것인데, 내적으로 일상성을 거부하면서 독서로 표상된 무위도식자의 삶을 지향함으로써, 그러한 갈등을 해소하려 하는 것이라고 하겠다. 결국 '독서'란 일상성의 지배에 대항하면서 병일이 마련한 자기만의 폐쇄적인 세계인 것이다.

그러나 이러한 병일의 상태는 거리 군중의 일원인 사진관 주인 이칠성의 접근에 의해 흐트러진다. 병일을 산책자로 볼 수 있는 이유는 여기에서 비롯한다. 이제 병일은 자의든 타의든 이칠성을 노방의 타인으로 볼 수 없는 것이며, 군중에 대한 경험을 하게 된 것이다. 이칠성과의 교분이 잦으면 잦을수록 병일이 독서에 열중하지 못하는 것은, 이칠성과의 접촉으로 대표된 거리 경험이 이제 더 이상 노방의 타인에 머무르지 않도록 하고 있음을 증명해준다. 그렇다면 병일과 접촉한 이칠성 역시 산책자가 되는가. 여기에 대해서는 이칠성이 세속적 의식에 투철할 뿐, 자기만의 세계를 가지고 있지는 않다는 점이 지적될 수 있다. 산책자가 되려면 군중과 무위도식자의 심리적 양극을 가져야만 하는 것으로, 그러한 양극을 가진 자가 거리 군중에 대한 경험을 할 때 산책이 성립되는 것이다.

병일을 산책자로 다루는 데 있어서 두 번째의 난점은 그가 다니는 거리의 성격에 있다. 사실 산책자가 근대적 거리에서만 나타날 수 있는 유형이라면, "신작로는 닦았으나, 아직 시가다운 시가는 이루지 못한" 평양 외곽의 거리를, 그것도 밤이 이슥하여 다니는 병일을 정상적인 의미의 산책자로는 볼 수 없을 것이다.

네프스키 지구(페테스부르그의 근대화된 거리—인용자)는 자유와 환각적인 약속을 제공하는 현대적인 공공장소다. 하지만 가난한 서기에 있어서 봉건 러시아의 계급 배치가 전보다 더 엄격하고 치욕적이다. 이 거리가 약속하는 것과 실제로 전달해 주는 것 사이의 대조는 지하생활자로 하여금 무기력한 격분뿐만 아니라 유토피아적 갈망의 랩소디에로 끌고 간다.[30]

그러나 위의 인용에 따른다면 보들레르적 산책자 외에 전근대와 근대 사이를 방황하는 또 다른 유형의 산책자를 설정할 수 있음을 알 수 있다. 도스토예프스키적 유형이라고 할 수 있는 이 산책자는 중간자라는 점에서는 동일하지만, 근대적 거리의 자연스러운 참여자로서 자신의 자격을 의심하지 않는 보들레르적인 산책자에 비해 근대에 대한 자격지심 또는 열등감을 가지고 있다. 근대는 지배계급에게나 해당되는 것이지, 저개발사회의 피지배계급인 자신에게는 결코 해당되지 않는다. 그에게 근대란 일종의 환상일 뿐, 그가 거리에서 실제로 접하는 것은 그 환상에 대조된 군중들의 열악한 현실과, 마찬가지로 그 현실에서 움쭉달싹도 못하는 자신의 처지인 것이다. 결국 이 유형의 산책자는 거리 경험을 통해 자신의 무력감에 대한 확인과, 그로 인한 자조 및 자기혐오에 봉착하게 된다. 이 유형의 산책자에게 거리 경험이란 자기확인의 기회라고 할 것이다.

　이상의 논의를 병일에게 비추어볼 때, 그에게도 산책은 자기확인의 기회로 나타난다.[31] 그동안 "노방의 타인"으로 머물렀을 때에는 아무런 의미도 갖지 않았던 거리의 군중들은 그가 그들과 접촉한 순간 자신을 확인하는 거울로 작용하는 것이다. 물론 병일이 단순하게 군중들을 거울로 삼는 것은 아니다. 사진사 이칠성과의 대화 끝에 병일은 그에게 양가적인 감정을 지니게 된다. 한편으로는 그를 경멸하면서도 다른 한편으로는 그의 "청개구리 뱃가죽 같은 탄력"을 지닌 강렬한 생활력에 부러움도 같이 느끼게 되는 것이다. 이는 하숙집 근처에 사는 어린 기생을 대하는 마음에서도 드러난다. 그동안 무관심했던 기생을 이칠성과의 교분 이후 관심을 가지고 보게 되면서, 생활전선에 나서서 집안을 먹여 살리는 그 기생이, 연약하지만 손가락을 벨 수 있는 풀잎의 날카로움을 가지고 있다고 생각하는 것이다. 그리고 그런 적극성으로 일상적 세계에 능동적으로 뛰어들지 못하는 자신에 대한 회의에 빠지게 되는 것이다.

> 그것(글에서의 경험—인용자)은 새로운 것도 아니었다. 물론 진기한 것도 아니었다. (……) 음산하게 벌어져 있는 현실은 산문적이면서도, 그 산문적 현실 속에는 일관하여 흐르고 있는 어떤 힘찬 리듬이 보이는 듯하였다. 그리고 그 리듬은 엄숙한 비관의 힘으로 변하여 병일이의 가슴을 답답하게 누르는 듯하였다.[32]

그럼에도 불구하고 병일이 일상성에 따르는 군중들에 대해 완전히 긍정적인 태도로 변화하는 것은 아니다. 병일은 여전히 그들의 의지를 바깥에서 관찰하는 산책자로서의 입장을 견지하고 있다. 이는 위 인용문에서 병일이 "산문적 현실 속을 일관하여 흐르는 어떤 힘찬 리듬"을 보면서도, 그것에 완전히 수긍하지는 않고 오히려 "엄숙한 비관의 힘"을 느끼는 데서 단적으로 드러난다. 병일은 그들이 발휘하고 있는 가열찬 생의 의지와 힘찬 리듬이란 그 자체로는 긍정적일지도 모르지만, 사실은 속악한 현실을 낳은 일상성 자체를 더욱 강고하게 만든다는 것도 마찬가지로 깨닫고 있는 것이다.

어느덧 장질부사의 흉스럽던 소식도 가라앉고 말았다. (……) 병일이는 혹시 늦은 장마 비를 맞게 되는 때가 있어도 어느 집 처마로 들어가서 비를 그리려고 하지 않았다. 노방의 타인은 언제까지나 노방의 타인이기를 바랐다.
그리고 지금부터는 더욱 독서에 강행군을 하리라고 계획하며 그 길을 걸었다.[33]

그러나 「비오는 길」의 결말을 본다면, 병일은 거리의 경험에서 느낀 현실의 모순을 자신의 고민으로 내면화시키는 도스토예프스키적 산책자에는 어느 정도 미달형이라고 판단된다. 병일은 이칠성이 소박하지만 힘찬 꿈을 가졌음에도 불구하고 장질부사로 너무나도 덧없이 죽고 만 후, "산 사람은 아무렇게나라도 살 수 있는 것이니까"라고 생각하면서, 본래의 상태로 되돌아가되, 독서에 더욱 매진할 것을 결심한다. 이러한 결말은 병일이 결국 산책의 상태를 떠나 무위도식자로서의 삶에 더욱 의미를 두겠다는 것을 의미하고 있다. 그러나 여기서 거리 경험을 내면화하여 자신의 해결해야 할 진지한 현실적 고민으로 승화시키는 것은 불가능하게 되고 만다. 대신 병일은 세속적인 행복을 위한 어떤 힘찬 리듬도 결국에는 아무런 소용 없이 인물을 비극 속으로 몰아넣을 것임을 안다는 '엄숙한 비관'을 자신의 특징으로 삼으면서, 의도적으로 군중에 대한 거리 경험을 회피하게 되는 것이다.

결국 거리 경험은 최명익 소설의 핵심적 출발점이 된다. 병일처럼 대개 생계를 위해 최소한으로 거리를 다니면서 무위도식자적인 삶에 의미를 두고 있는 인물이 우연찮은 계기로 속악한 현실이 지배하는 거리를 '경험'하는 것이 산책의 주요 내용으로 되는 것이다. 그러나 이 같은 거리 경험에 인물이 적극적인 의미를 부여하는 것은 아니다. 오히려 그는 산책을 통해 거리 경험에서 인식한 것을 의도적으로 외면하려 한다. 산문적인 생의 리듬에도 불구하고 더욱 강고해지는 일상성과 그에 대해 아무런 능동적인 반응도 하지 못하는 자신에 대한 자조가 그를 현실에 대한 엄숙한 비관으로 몰고 가기 때문이다.

하지만 이를 단순한 현실도피라고는 할 수 없다. 도리어 산책자가 도달한 '엄숙한 비관' 속에서는 내적으로 속악한 현실을 부정하려는 욕구가 더욱더 가열차게 들끓고 있는 것이다. 이를 잘 보여주는 작품이 「역설」이다. 이 소설의 주인공 문일은 세속적으로 본다면 출세가 될 '교장직 제의'도 거부할 만큼 독서나 문학에 침잠하는 무위도식자의 삶에 의미를 부여한다. 그러나 그가 집에 틀어박혀 두문불출하기만 하는 것은 아니다. 대신 그는 야산이었던 집 마당에 난 좁고 짧은 길이나마 매일 거닐고 있다.

이와 유사한 상태는 이 소설에서 다른 두 개의 상징으로도 표현된다. 어두운 고통 안에서 눈을 뜨고 앉아 비를 긋고 있는 두꺼비의 형상과, 방안에 갇혔어도 항상 몸을 흔들거려야만 하는 '상동병 환자'가 그것이다. 이 두 형상은 '마당 안의 산책'이나마 유지하여야만 자신의 존재감을 확인할 수 있는 문일과 동일한 상태 속에 있는 것이다.

「무성격자」―산책 모티프의 연장으로서의 승차 모티프

「역설」에서 볼 수 있는 '마당 안의 산책'과 같은 상태는 무위도식자의 삶이 만족을 주는 것이 아니라 속악한 현실에 맞설 수 없는 자신의 무능력함에 대한 자학의 성격을 띤다. 자기폐쇄의 정도가 깊으면 깊을수록 고통 역시 심해지는 것이다. 그럴 때 이러한 고통을 벗어나려면 산책자는 거리로부터도 그리고 무위도식적인 삶을 영위하고 있던 공간으로부터도 모두 떠날 수밖에 없다. 도시를 떠남과 관련하여 기차에 대한 승차 모티프가 나타나는 것은 바로 이 지점이다. 이 승차 모티프가 처음으로 나타난 것은 바로 「무성격자」이다. 과연 산책자는 이 모든 것을 떠나 자유로워질 수 있을까.

모두 자리가 잡힌 모양으로 차안의 헌화도 가라앉고 차바퀴 소리의 반향도 차차 적어갔다. 애연의 도시를 벗어난 차는 푸른 산 푸른 들 사이를 달리기 시작한 것이다. 창 밖으로 보이는 밀 보리는 기름이 흐르는 듯이 자라서 흐늑흐늑 푸른 물결을 치고 있다. 오래간만에 보는 교외 풍경에 머리 속으로 시끄러운 바람이 불어드는 듯이 가벼워짐을 느낀 정일이는 담배를 피워물었다. 그러나 (……) 다시 눈을 감은 정일이는 자기의 피폐하고 침퇴한 뇌에로 폐물이 발호하는 현상이라고밖에 할 수 없는 생각이 마치 여름 날 썩은 물에 북질북질 끓어오르는 투명하지 못한 물거품 같이 자꾸 떠오르는 것이 괴로웠다.[34]

「무성격자」에서 주인공 정일은 아버지의 위독을 알리는 전보를 받고 모든 고통과 괴로움의 연원인 "애연의 도시"로부터 기차를 타고 떠난다. 그는 차창 밖으로 펼쳐지는 여유로운 자연 풍경을 보면서 "머리 속으로 바람이 불어드는 듯이" 기분이 가벼워지는 것을 느낀다. 철도는 그를 가만히 앉은 채 도시 바깥으로 탈출시켜줄 수 있는 거의 유일한 수단인 것이다. 다 같은 승차겠지만, 최명익 소설에서 도시의 전차나 자동차의 승차 경험이 등장하지 않는 것도 그 때문이다.

그러나 정일이 차창 밖의 그 푸른 자연 속으로 달려갈 수 없이 기차 안에만 있어야 한다는 것은 무엇을 뜻할까. 사실 철도란 근대의 대표적인 제도적 장치로서, "애연의 도시"와 도시 사이를 연결하는 근대의 통로인 것이지, 모든 것으로부터 벗어나는 출구라고는 할 수 없다. 정일이 창밖의 자연 풍경과 자신의 암울한 상황을 대조하면서 처음의 자유로움과 달리 "여름 날 썩은 물에 북질북질 끓어오르는 물거품 같이" 도시에서의 자신의 모습에 대한 상념에 빠지게 되는 이유도 바로 여기에 있다고 할 것이다.[35]

그렇다면 승차 중에 정일이 떠올린 도시에서의 자신의 모습이란 어떤 것인가. 정일은 도시에서 자신이 차츰 생활에 의미를 잃어버리고, 그동안 큰 의미를 두어왔던 독서도 소홀히 한 채 술을 마시러 다니게 된 것을 떠올린다. 그리고 히스테릭한 결핵환자 문주와의 사랑에 온갖 힘을 쏟으면서도 그 사랑이 결코 자신에게 안식처가 될 수 없었다는 것도 같이 생각한다. 그럼에도 정일은 왜 문주를 떠나지 못했던 것인가. 아마도 "같이 죽어달라고 하면 언제든지 같이 죽어줄 것" 같아서 정일과 사랑하게 되었다는 문주의 말처럼, 정일도 그녀와 다를 바 없는 상황에 처해 있었기 때문일 것이다.

결핵으로 인해 사회로부터 탈락된 문주처럼, 정일 역시 "어머니가 아버지에게 큰 소리를 들어가며 타내 주는 돈으로 이렇듯 퇴폐적 생활"을 하는 무위도식자로서, 도시에서 탈락된 존재에 지나지 않는 것이다.

이상의 연상 내용을 본다면 정일에게 승차는 그동안의 삶에 대한 고통스러운 자기확인을 하는 계기가 된다. 이는 「비오는 길」에서의 병일과 유사하다고 할 수 있는데, 따라서 이 작품에서 승차란 자기확인에 이르는 도스토예프스키적인 산책의 기능을 대신하고 있다고 할 것이다. 그렇다면 왜 승차가 산책을 대신하게 되었을까. 여기에 대해서는 정일이 도시에서 무위도식자의 삶을 영위했기 때문에, 자기확인의 기회인 거리 경험을 제대로 할 수 없었기 때문이라고 답할 수 있다. 한편 이러한 점은 문주가 정일에게 절대로 다른 생각을 하지 못하고 항상 자신에게만 신경을 곤두세우라고 채근하는 데서도 마찬가지로 드러난다. 그 요구를 따르면 따를수록 정일은 무위도식자의 자학적인 삶에 빠지게 되었던 것이다.

그럴 때 온, 부유하지만 속물적인 아버지의 위독을 알리는 전보는 정일로 하여금 무위도식자의 삶을 벗어나 불가피하게 현실로 되돌아오게 만드는 역할을 한다. 승차는 그렇게 현실로 되돌아가는 통로인 셈이다. 정일이 승차로 인해 느꼈던 해방감이란 그런 점에서 한낱 허상에 지나지 않는다.

그러나 정일이 기차에서 내려 고향에 도착해서도 일상성에 안주하는 군중의 일원이 될 수 없는 것도 명약관화한 일이다. 어디까지나 그는 내적으로 무위도식자로서의 성향을 유지한 채, 불가피하게 아버지와 용팔이로 대표되는 범속한 군중을 접하는 경험을 하게 되는 것이다.

그래서 이 소설에 나타난 고향은 통상 다른 많은 작품에서 나타나는 것처럼 자연상태의 공동체적 삶이 존재하는 곳이 아니다. 대신 그곳은 아버지의 속물적인 치부가 이루어진 곳이며, 동시에 금전제일주의가 모든 것을 관장하고 있는 곳이다. 정일이 임종에 다다른 아버지를 간호하면서 어쩔 수 없이 그러한 속물주의 내지 금전제일주의와 맞부딪치게 될 것은 당연한 일인데, 이 과정에서 정일은 현실에서의 자신의 왜소한 모습을 다시금 확인하게 된다.

정일이는 아버지가 보기 편한 곳에 큰 물그릇을 놓고 대접으로 물을 떠서는 작은 폭포 같이 들이워 쏟고 또 떠서는 들이워 쏟기를 계속하였다. 만수 노인은 꺼멓게 탄 혀를 입 밖에 내놓고 황홀한 눈으로 들이우는 물줄기를 바라보고 있었다. (……) 정일이는 일찍이 그러한 눈을 본 기억이 없다고 생각하였다. 더욱이 아버지의 얼굴에서! (……) 혹시 아버지가 돌아앉아서 돈을 셀 때에 저러한 눈

으로 돈을 보았는지는 모를 것이다.[36)]

　그러나 무엇보다도 정일로 하여금 중간자적 경험을 하게 만드는 것은 아버지의 삶의 의지이다. 위의 인용문에서 보듯이 아버지의 삶에 대한 강렬한 욕구는 정일에게 양가적인 감정을 불러일으킨다. 정일은 한편으로는 아버지의 황홀한 눈을 바라보면서, 「비오는 길」에서 병일이 이칠성과 나이 어린 기생으로부터 경험했던 바와 같이 생에 대한 '어떤 힘찬 리듬'을 감지한다. 그러나 그 리듬이 바로 일상성의 거대한 리듬과 다름이 없다는 것을 이미 알고 있는 정일은 그 거역할 수 없는 힘찬 리듬에 대해 '엄숙한 비관'을 깨닫게 되는 것이다.

　사실 정일의 아버지는 「비오는 길」의 이칠성과 쌍생아라고 할 수 있다. 그것은 삶에의 가열찬 의지를 가지고 있다는 점에서 일단 그러하지만, 동시에 그러한 의지에도 불구하고 허무한 죽음을 맞이한다는 점에서도 그러하다. 이것이 고향에서 정일이 거리 경험을 한다고 말할 수 있는 또 다른 이유이다. 결국 '무성격자'라는 이 소설의 제목은 거리 경험에서 목격한 생에의 의지에 대한 감동과, 그에 대한 비관 사이에서 어쩔 줄 모르고 서 있는 중간자로서의 정일을 가리킨 것이라고 하겠다.

「심문」—승차 모티프의 진정한 면모 1: '속도'

앞서의 분석에 따른다면, 승차는 일단 산책의 변형으로 나타난다. 무위도식자로 머물러 있으려 하는 주인공은 불가피하게 다시금 현실로 나서게 되는데, 승차는 그렇게 현실로 다시금 나서는 과정에서 거리 경험을 하게 만드는 주요한 계기가 된다. 그런데도 승차가 이런 정도의 의미에 한정된다면 굳이 산책과 구별할 필요가 없을 것이다. 그러나 여기서 다룰 「심문」은 산책의 변형이 아닌, 독자적인 미학적 의미를 띤 승차가 나타난다. 이제 「심문」을 살펴보기로 하자.

「심문」은 지금까지 주로 전향소설의 측면에서 다루어져온 소설이다. 그러나 이 소설을 순수한 의미에서의 전향소설로 다루는 데에는 다음과 같은 문제가 있다. 먼저 전향자인 현혁이 드러내보이는 심리가 전향자의 보편적인 경우라고는 볼 수 없을 만큼 특수하다는 점이다. 현혁의 자포자기나 자기합리화는 사상 또는 이념의 실패를 결과적으로 인정하고 있다는 점에서 내적으로 사상의 타당성에 대한 확신을 포기하지 않았던 당시의 다른 전향소설과 차이가 있는 것이다. 두 번째의 문제는 이 소설의 중심을 현혁이 차지하는 것으로는 보기 어렵다는 점이다. 현혁보다는 명일과 여옥이 줄거리나 주제 등 소설의 전반적인 측면에서 좀더 중요한 역할을 맡고 있기 때문이다. 필자가 보기에는 오히려 현혁을 중심으로 파악할 경우에는 이 소설이 진정 말하고자 하는 바를 외면하게 되지 않을까 우려하게 된다.

　　결코 이 열차의 성능을 못 믿는 것은 아니지만 이렇게 무모(?)하게 돌진 맹진하는 차 안에 앉았거니 하면 일종의 모험이라는 착각을 느낄 수 있고, 그것이 착각인 바에야 안심하고 그런 『스릴』을 향락할 수 있는 것이다. 이렇듯 거진 십분의 안전율이 보장하는 모험이라 스릴을 향락하는 일종의 관능 유희다. (……) 그처럼 내가 탄 특급의 속력을 『무모』로 느끼고, 뒤로 뒤로 달아나는 풍경이 더 물러갈 수 없는 장벽에 부딪혀 한 폭 그림이 되고, 폐허에 버려 둔 듯한 열차의 사람들도 한 터치의 『오일』이 되고 말리라고 망상하는 것은 (……) 그리 경멸한 착각만은 아닌 듯싶었다. 그러나, 나 역시 이렇게 빨리 달아나는 푼수로는 어느 때 어느 장벽에 부딪혀서 어떤 풍속화나 혹은 어떤 인정극 배경의 한 터치의 『오일』이 되고 말는지 예측할 수는 없을 것이다.[37]

　　이제 작품을 분석해보기로 한다. 우선 이 소설에서도 처음에 승차 장면이 나온다. 언뜻 보아, 기차를 타고 가는 명일의 심리는 「무성격자」에서 정일이 기차를 탔을 때의 심리와 유사하다. "일정한 직업도 주소도 없는 지금의 생활이 주체스러워 견딜 수 없는" 명일 역시 명색은 화가지만 무위도식자적인 성격을 가지고 있는 인물이며, 기차에 타서도 그간의 과정을 정일처럼 회상하고 있다.

그러나 이 장면에서 중요한 것은 「무성격자」에서 단순하게 차창 밖의 풍경과 암울한 주인공의 내면을 대조하던 것과 달리, 속도감이 강조된다는 점이다. 위의 인용문을 본다면, 명일은 차창 밖의 풍경을 소재로 그동안 못 그리던 그림을 "한 터치의 오일"로써 속으로나마 마음대로 그려보게 된다. 그렇지만 명일이 이처럼 그림을 그리게 된 것이 전적으로 기차의 "무모한 속도"에 의한 것임을 생각한다면, 그 그림은 사실 명일이 그린 것이 아니라 기차가 그린 것에 지나지 않는다고 할 것이다. 그만큼 철도로 대표된 근대는 사람들의 삶을 좌지우지하고 있는 것인데, 명일은 이 장면에서 철도(근대)의 지배적 성격을 은연중에 깨닫고 있다고 할 수 있다. 곧 이 작품에서 속도란 일상으로부터의 해방을 뜻하는 것이 아니라 근대적 일상성이 지닌 대표적인 속성으로 제시되는 것이다. "십분의 안전율" 곧 거의 100퍼센트의 안전함을 보장한다는 속도에 대한 인식은 이를 증명해준다. 얼핏 보기에 속도는 일상으로부터 벗어나는 수단으로 간주될 수도 있지만, 실상 그것은 철저하게 근대적 일상성에 의해 조정 통제되는 속도인 것이다. 이러한 속성을 깨달은 명일이, 어떤 의지를 갖든 간에 결국에는 자신도 그러한 "한 터치의 오일"이 될 수 있으리라는 상대화된 생각을 하게 되는 것은 당연한 일이다.

그런 무서운 숙명이 나를 기다리는지도 모를 할빈이라고 생각하면 그곳으로 이렇게 달아나는 이 열차는 그런 숙명과 같이 음모한 괴물일는지도 모른다고 나는 좀 취한 머리 속에 또 한 가지 이런 스릴을 느끼었다.[38]

그런 점에서 명일이 승차 중에 하는 연상은 무의지적 연상이 아니다. 오히려 명일은 자신이 탄 열차를 "그런 숙명과 같이 음모한 괴물"로도 생각하는 데서 드러나듯이, 속도에서 비롯한 승차의 성격 즉 '숙명과 음모'를 조리 있게 음미하고 있는 것이다.

물론 승차는 근대의 대중교통을 대상으로 한 것인 만큼 누구든 할 수 있다. 그러나 거리를 다닌다고 해서 모두 산책이 되는 것은 아닌 것처럼, 차를 탄다고 해서 다 승차를 '경험' 하는 것은 아니다. 속도가 준 처음의 충격에 군중들이 오히려 익숙해지고 또 즐기기까지 하면서 일상적 체험으로 변질시키는 것을 생각할 때, 한편으로 '십분의 안전율' 속에서 관능유희에 빠지면서도 다른 한편으로 모든 승차자들에게 엄청난 속도로 강요되는 근대의 숙명과 음모를 느끼는 명일의 모습은 중간자적 상태에서 속도를 본질적으로 '경험'하는 것으로 판단할 수 있다. 이것이 바로 최명익이 「심문」에서 도달한 승차의 새로운 면모이자, 산책으로써는 결코 발견할 수 없었던 승차의 독자적인 미학적 성격이다.

그렇기 때문에 명일은 하얼빈에 도착해서 기차에서 내린다 하더라도 결코 속도의 지배력을 벗어날 수 없다. 근대의 거리란 속도의 경험에서 확인했던 숙명과 음모가 실현되는 곳이기 때문이다. 미리 말하자면, 그가 하얼빈에서 만난 여옥과 현혁의 절망적인 운명은 그들의 자의에 의해 선택된 것이 아니라 속도의 음모에 의해 강요된 근대적 삶이 막바지에 도달한 모습이라고 할 수 있다. 곧 기차의 속도란 결국 근대적 삶이 변화해 나가는 속도를 환유하는 것이며, 현혁과 여옥의 몰락은 그렇게도 빠른 속도로 몰락해가는 삶의 운명을 그대로 드러내주는 대표적인 사건이 되는 것이다.

그렇다면 여옥과 현혁의 절망적인 운명이란 무엇인가. 이를 이해하기 위해 우선 여옥이 짧은 동안이나마 연인이었던 명일을 버리고 현혁에게 되돌아간 이유를 알아보기로 한다.

「여옥이도 그렇게 유명한 현혁이를 숭배하던 학생 중의

하나였답니다. 그때 패기만만한 현혁이는 연애에도 패자였지요. 연애도 정치입니다. 정치는 투쟁, 극복입니다. (……) 사실, 나는 지금 이렇게 모히 연기와 추억의 꿈을 먹고 사는 사람입니다. (……) 그러는 내게도, 여옥이가 김선생을 버리고 내 품속으로 돌아온 것입니다. 여옥이로서는 제 첫사랑의 추억으로도 그랬겠지만, 나는 옛날의 혁혁하고 유명하던 현혁이, 즉 나의 패기와 극복력에 이끌린 것이라고 생각하지요. 지금 여옥이에게 물어보아도 알 것입니다.(……)」[39]

이에 대해서는 위 인용문에 제시된 현혁의 말에서 답을 찾을 수 있다. 그것은 현혁이 과거에 가졌던 투쟁력과 극복력에 여옥이 이끌렸다는 점인데, 여기서 투쟁과 극복이란 거리를 지배하고 있는 근대적(자본주의적) 일상성을 부정하는 것이다. 여기서 코제브의 말을 빌린다면, 원래 여옥은 투쟁력을 갖춘 현혁에게 자신의 현실부정 욕구를 투사하여 사랑에 빠졌던 것이다. 그러나 투쟁이 실패하고 현혁이 감옥에 간 결과는 여옥에게 현실에 대한 부정이 불가능하다는 인식을 심어준 것이라고 할 수 있다. 그럴 때 여옥은 비록 현실부정은 못한다 하더라도 재산이 있기에 최소한 현실로부터 상대적으로 자유로운 명일을 택하여 사랑을 했던 것이다.

그렇다면 여옥은 현실부정을 완전히 포기하고 일상성의 지배에 완전히 굴복했던 것인가. 그렇지는 않다는 점은 여옥의 인상에 대한 명일의 언급에서 암시된다. 당시 명일은 여옥에게 이중적인 인상을 받는다. 하나는 열정적인 창부이며, 다른 하나는 이지적인 교양인이라는 모순적인 인상을 받았던 것이다. 이 가운데 열정적인 창부는 현실이 어떻든 간에 그것을 산문적인 힘찬 리듬으로 따라가는 군중의 삶에, 이지적인 교양인은 속악한 현실에 지식으로써 대항하는 무위도식자의 삶에 각각 대응하는 것으로 볼 수 있다. 곧 명일이 여옥에 대해 통일된 인상을 가지지 못했던 것은 그녀가 무위도식자와 군중이라는 심리적 양극을 가졌기 때문인 것이다.

그럴 때 여옥은 현혁이 석방되어 하얼빈에 있다는 소식을 듣게 되고, 무위도식자로서의 삶에 안주하고 있는 명일의 곁을 떠나, 현혁이 현실에 대한 투쟁력과 극복력을 여전히 유지하고 있으리라 믿고서 그에게로 돌아갔던 것이다. 이로 볼 때 그녀는 명일을 포함하여 병일·문일·정일 등 무위도식자의 삶에 의미를 두고 있었던 이전 소설들의 주인공과는 달리 현실부정에 더욱 의미를 두는 새로운 인물형이라고 할 수 있다.

그러나 하얼빈에서 만난 현혁은 여옥의 기대와는 너무도 거리가 먼 인물이 되어 있었다. 그는 자포자기한 채 "모히 연기와 추억의 꿈을 먹고사는" 또 다른 무위도식자였을 뿐이었던 것이다. 더욱이 현혁은 중독을 고치자는 여옥의 설득을 기묘한 논리를 내세우며 거부한다. 그 논리의 요점은, 마약을 끊으면 고문의 후유증으로 현재 앓고 있는 또 다른 병인 신경통과 위경련의 고통이 극심하여 결국에는 폐인으로 지내게 될 것이 지금과 마찬가지이므로, 중독 상태인 현재를 유지하는 것이 차라리 더 낫다는 것이다. 곧 그는 중독을 벗어나지 않으려 현재 상태를 합리화하면서 지내고자 하는 것이다. 이러한 논리는 사실 현혁이 중독이 된 이후 갖게 된 새로운 현실관에서 비롯한 것이다. 그 현실관은 "역사적 결론의 예측이나 이상은 언제나 역사적으로 그 오류가 증명되어 왔고, 진리는 오직 과거로만 입증되는 것이므로, 생활이 어떤 이상을 목표로 할 의무는 없다"는 현혁의 말로 요약된다.

이 논리가 지니는 오류를 지적하는 것은 어렵지 않은 일이다. 아편 중독에 대응하는 치료법이 있는 것처럼, 신경통과 위경련에 대응하는 치료법 역시 있으며, 또 진리의 확인이 과거를 통해서만 가능하다 할지라도 그것이 바로 미래에도 진리 자체가 부재할 것이라고 말할 근거는 되지 못하기 때문이다. 현혁의 논리를 "새로운 시도를 해 보아도 과거가 그러했던 것처럼 실패할 것이 분명하므로 이제부터는 아무런 시도도 하지 않고 현재가 나쁘든 좋든 그대로 살아가는 것이 오히려 더 낫다"는 것으로 바꿀 수 있다면, 그는 결국 일종의 결과론적 오류에 빠져 있는 셈이다.

사실 여기서 이 같은 현혁의 논리란 그동안 최명익 소설의 주인공들이 '엄숙한 비관'에 빠져 무위도식자들의 삶으로 도피하던 것과 동일한 것이라 할 수 있다. 「비오는 길」의 병일을 다시 본다면, 그는 거리 경험에서 이칠성의 허무한 죽음을 보고 무위도식자의 태도밖에 가질 것이 없다고 생각했던 것인데, 이칠성과는 다른 삶의 방식—현혁이 이전에 투쟁하던 방식—이 가능할 것이라고는 아예 생각하지도 않았다. 곧 '엄숙한 비관'은 현실에 대한 패퇴는 미래에도 바뀌지 않을 것이라는 패배주의적 생각인 것이다. 그렇다면 '엄숙한 비관' 역시 일말의 긍정적인 면모—속물적인 가치관에 영합하지 않겠다는—는 있지만 결과론적인 오류를 범한 것이라 할 수 있다.

"(……) 우리 앞에 나타나신 것이 고의건 우연이건 간에 김 선생 자신이 의식적으로 나를 모욕했다고 생각하시지는 않으실 터이니까, 단지 그뿐이라고 아무런 책임감도 안 느끼시겠지요. 그러나 내가 모욕을 당하고, 여옥이의 마음이 흔들리고, 그래서 우리 생활이 흐트러진 것은 너무나 분명한 사실입니다. 안 그럴까요?"(……)

"물론 김 선생의 책임이라고만도 할 수 없겠지요. 이런 내 모욕감은 김선생과의 대조로서 비교도 안 되는 약자의 모욕감이라고 할 것입니다. (……) 그렇지만 나는 설욕할만한 강자가 될 수 없습니다. 영원히 될 수 없습니다. (……) 김선생 때문에 마음이 흔들린 여옥이를 그대로 내 옆에 두고 모욕감을 느끼기보다, 내가 자굴해서 물러가는 것이 오히려 내 맘이 편하겠지요. (……) 그저 김선생과 겨룰 수 없는 폐인의 자굴입니다. (……)"[40]

흔히 인용되는 「심문」의 결말 부분에서 현혁은 비록 외적으로 볼 때 그들의 삶은 사회로부터 탈락된 최악의 삶에 지나지 않겠으나, 그들 나름으로는 불가피하지만 능동적인 선택이었음을 강조한다. 그러나 명일의 출현은 적어도 여옥에게는 그동안의 능동적인 선택을 벗어나 현실로 되돌아가려는 욕구를 불러일으켜 자신들의 도피적 삶을 뒤흔드는 역할을 한 것이라고 현혁은 말한다. 그러나 "영원히 강자가 될 수 없는" 현혁으로서는 명일의 출현으로 인한 두 사람 관계의 위기를 넘어설 길이 없기 때문에 "스스로 물러나는 길을 택할 수밖에 없다"는 논리를 내세운다.

'자굴감의 철저'로 요약되는 현혁의 논리를 다룬 그동안의 연구들을 본다면, 대체로 현혁의 이러한 선택이 어쩔 수 없는 것으로 타당한 면이 있다는 전제하에 논의가 진행된 것 같다. 요컨대 현혁은 그의 사랑이 여전히 유지되고 있는지 시험하려는 여옥과, 그에 동의하여 현혁의 변심이 확인될 경우 다시 여옥을 조선에 데려가려는 명일의 의표를 찌르는 논리를 펼침으로써 자신의 여옥에 대한 사랑을 역설적으로 입증하면서도 동시에 마약을 얻기 위한 돈을 가져갔다는 것이다. 곧 여옥이 작품 결말에서 자살하는 것은, 현혁의 이러한 논리를 넘어서지 못한 채 이러지도저러지도 못한 때문이었다는 것이다.

그러나 이 같은 논의로는 무엇보다 여옥의 유서가 해명되지 않는다. 그녀는 유서에서 명확하게 현혁의 논리가 다만 현재를 합리화하고 아편을 구하기 위한 것이었을 뿐임을 말하고 있다. 곧 여옥은 현혁의 논리에 반박하지 못한 탓에 어쩔 줄 모르다가 자살한 것이 아니라, 현혁의 논리를 파악한 뒤 그에 절망하여 자살을 하게 되었다고 명확히 밝혀놓고 있는 것이다.

이 문제를 해결하려면, 이 작품에서 중요하게 제시된 여옥의 "한 번도 찌푸려 본 것이 없는 듯한 맑디맑은 중정과 인당"의 의미를 고려할 필요가 있다. 이를 설명하기 위해 잠시 명일과 여옥의 관계로 되돌아가보면, 명일은 "응석인 양 방종을 부려본 저이 한두 번이 아니어도 어머니의 심정처럼 온

후하게 받아들이던" 죽은 아내 혜숙에게서 보았던 맑은 인당과 중정을 여옥에게서도 본다. 그러나 이것을 단순한 인상의 유사함으로만 볼 수 없는 것은, 여옥이 자신의 파멸을 생각하면서도 "이 사람이 내게 의지하는 심정이 어떤 것이든 그 마음만은 지키려고 노력했다"고 말하는 것에서 증명된다. 여옥은, 명일의 방종을 받아들였던 혜숙처럼, 본래 현혁에게 품었던 자신의 마음을 진정하게 지키려고 노력하면서 그의 방종을 이해하고 받아들이려 했던 것이다. 이로 볼 때 맑은 중정과 인당이란 대상에 대해 '본래 품었던 마음'을 정성을 다해 지키려는 맑은 심성을 뜻한다고 요약할 수 있다.

그렇다면 '본래 품었던 마음'이란 무엇인가. 현혁과 여옥에게 있어 그 마음은 옛날 투쟁하던 때의 마음이다. 곧 여옥은 현혁 역시 투쟁하던 당시의 진정한 마음으로 돌아갈 것을 기대하면서 그의 방종을 용납했던 것이다. 그러고 본다면 여옥은 투쟁의 결과보다 투쟁 과정 중에 발생한 가치─투쟁력과 극복력─에 의미를 두고 있다고 하겠다.[41]

반면에 현혁은 여옥과 달리 과정보다 "영원히 강자가 될 수 없는" 결과에 집착하고 있다. 위 인용문에 나타난 현혁의 논리란 결국 "영원히 강자가 될 수 없다면 어떤 시도든지 하나마나 한 것이다"라는 그간의 논리를 반복한 것에 지나지 않는 것이다.

그러나 이러한 논리를 내세웠을 때 현혁은 여옥이 그에게로 달려간 근본적인 원인이었던 '왕년의 이론 투쟁'의 가치까지 부정하게 되고 마는 것이 아닌가. 옛날의 투쟁 역시 강자가 될 수 없음에도 이루어진 것이기 때문이다. 결국 현혁은 투쟁 중의 가치를 잊었거나 속악한 현실의 결과와 대비하여 과소평가하고 있는 것인데, 여기서 여옥은 '자궁감의 철저'를 내세우며 당시 투쟁의 가치를 결과적으로 부정하는 현혁에게서 어떤 긍정적인 면모도 찾을 수 없게 된 것이다. 이는 명일에게 남긴 유서에서, 현혁이 역설적인 논리를 통해 드러낸 사랑을 인정할 수밖에 없고 따라서 그를 떠나지 못하게 되었기 때문에 죽는 것이 아니라, 현혁의 논리가 현재의 자신을 합리화하고 아편을 취하기 위한 것일 뿐이라는 사실이 분명해진 만큼 이제 어떤 희망도 가질 수가 없어서 죽는 것이라고 언급한 데서 단적으로 드러난다. 아래 인용문처럼 여옥은 자신의 맑은 심성을 어디에도 "바칠 곳이 없"이 "다만 외로워서" 죽었던 것이다.

　한 점의 티나 가느른 한 줄기 주름살도 없는 여옥이의 인당을 들여다보면서 죽은 내 처 혜숙이의 그것을 다시 보는 듯이 반갑기도 하였다. 그 영롱한 인당에 그들의 아름다운 심문이 비지어 보이는 것이나. 여옥이는 그러한 제

심정을 바칠 곳 없어 죽었거니! (……) 나는 그 싸늘한 여옥이의 손을 이불 속에 넣어주면서 갱생을 위하여 따라나서기보다, 이렇게 죽어가는 것이 여옥이의 여옥이다운 운명이라고도 생각하였다.[42]

그런데 이러한 여옥의 죽음이 뜻하는 바를 정확히 깨닫고 있는 것은 누구인가. 바로 명일이다. 명일은 여옥의 영롱한 인당에서 그동안 발견하지 못했던 아름다운 마음의 무늬[心紋]를 본다. 그 무늬는 여옥이 현혁 자신도 잊어버린 옛날 투쟁행위의 가치를 비록 홀로라도 애써 간직하면서 성심을 다했던 흔적이다. 여기서 명일 역시 군중과 무위도식자 중 어느 한쪽이 될 것을 강요하는 일상성 너머에 있는 진정한 삶의 가치를 목도하게 된다. 결과가 아무리 나쁘다고 할지라도 그 결과를 낳기까지의 과정에서 기울인 마음의 정성이야말로 진실로 가치 있는 것임을 깨닫는 것이다. 최명익이 이 소설의 제목을 '심문'으로 내세운 이유도 여기에 있다.

이상의 분석을 승차 모티프와 관련시켜 해석해보자. 승차 중에 명일이 기차의 무서운 속도감에서 감지했던 '무서운 음모와 숙명'이란 그 사람이 어떤 마음을 가졌건간에 근대적 일상성이 강요하는 삶의 무상한 변화로부터 헤어날 수 없다는 숙명 속으로 몰아넣으려는 음모이다.

그러고 보면 명일이 만난 현혁과 여옥은 그러한 근대성의 음모의 희생자인 셈이다. 우선 현혁은 군중들이 속도감에 마취된 채 근대라는 현실을 의심없이 받아들이는 것처럼 투쟁의 실패 이후 자신의 현재를 합리화하면서 아편 중독에 빠져 있다. 그는 자신이 능동적으로 무위도식자의 삶을 택한 것으로 간주하고 있지만, 그것이야말로 속도로 표상된 근대의 강압에 의한 피동적인 선택이었던 것이다.

그리고 여옥의 경우, 유일한 희망이었던 현혁이 그처럼 현실에 모든 것을 굴복해버린 것을 알게 되었기 때문에 죽음에 이르렀다면, 그녀도 결국 근대가 강요한 숙명에 의해 죽을 수밖에 없었던 것이라 할 수 있다. 결국 명일은 하얼빈 여행에서 근대의 속도가 지닌 폭력성을 현실에서 확인한 경험을 하게 된 것이다.

그러나 근대의 속도에 휘말리지 않으려 한 것이 있다면, 그것이야말로 이 소설의 진정한 주제가 될 것이다. 참담한 현실적 결과를 맞이했어도, 속악한 현실과 대결하던 과정에서 발생한 가치야말로 진정 간직하고 지켜가야 할 것임을 드러낸 여옥의 진정한 마음은 모두가 엄청난 속도로 근대를 향해 달려가고 있는 상황에 대한, 니체적 의미에서의 비극적 인식[43]을 표출한 것이라 할 만하다. 결국 이 소설에서 최명익은 현혁으로 대표된 무위도식자를 여옥과 극적으로 대비

시킴으로써, 현실로부터 유리된 자기폐쇄적 세계를 지향하는 '엄숙한 비관'의 논리에 동의를 보내던 그동안의 작가적 태도를 벗어나, 비록 비관적인 결말을 맞이한다 하더라도 부정적인 현실을 극복하고자 하는 태도와 과정 속에 삶의 진정한 가치가 있음을 드러내었던 것이다.

「봄과 신작로」―승차의 특수성 2: '운전자'

「봄과 신작로」는 승차와 관련된 두 번째 작품이다. 이 작품에서 두드러진 것은 근대를 대하는 농민의 심리를 섬세하게 드러냈다는 점이다. 그런 까닭에 이 작품은 지식인의 도피적 심리를 소재로 삼았던 그동안의 작품과 다른 궤에 놓이며, 이 작품 뒤에 다룰, 일제 시기 최명익의 마지막 작품이었던 「장삼이사」와 동궤에 놓인다.

근대에 들어오면서 일어날 수 있는 민중적 에피소드를 다룬 이 소설의 주요 무대는 "동네의 한편 모퉁이를 스치고, 넓은 벌판으로 쭉 뻗어간 신작로" 곁에 있는 우물이다. 그 우물가로 매일 자동차가 오고가는 것인데, 동네에 새로 시집온 금녀와 유감이는 물을 얻어 마시면서 농지거리를 하는 자동차 운전수에게 호기심을 느끼게 된다.

자동차가 떠나간 후에도 금녀는 유감이에게 운전수 이

야기를 하자고 드는 때가 있었다. 갸름한 얼굴이 가무잡잡하고 눈이 반짝한 운전수는 세수를 한 때마다 양복 저고리 웃주머니에서 곱게 접었던 알락달락한 인조 하부다이 수건을 꺼내서 손과 얼굴을 문지르는 것이었다. (……)

　　─ 얼마나 훌륭하겠네 글쎄. 신장로두 내내 가문 피양인데 사꾸라래나? 요좀이 한창이래 애.[44]

　금녀와 유감이에게 근대는 자동차, 알락달락한 손수건, 사꾸라 등의 사물로 다가온다. 그리고 그러한 사물의 집합적인 표상체가 바로 운전수이다. 그런데 그녀들에게 이러한 사물들 자체의 가치가 중요한 것은 아니다. 지금 있는 곳이 아닌 다른 곳으로 가고픈 욕구에 들떠 있는 그녀들로서는 그것들이 단지 '다른 곳'에서 왔기 때문에 중요한 기호로 간주되는 것이다.

　이러한 상태는 낯선 것에 대한 공포를 느끼는 단계에서 벗어나, 이제 순진한 호기심을 드러내는 유아의 상태와 비견할 만한 것이다. 이 마을에는 이미 신작로가 곁으로나마 지나가고 있으며, 그 위로 근대적 사물을 대표하는 자동차가 마음껏 달리고 있다는 사실은 근대적 사물에 대해 농민들이 그만큼 익숙해졌으며, 그 때문에 공포 대신 친근감이 자리잡기 시작했다는 것을 알려준다.

그러나 금녀와 유감이가 근대에 대해 완전히 동일한 반응을 보이는 것은 아니다. 소설은 유감이보다 금녀의 반응에 집중된다. 이미 임신한 탓에 다른 곳으로 갈 꿈 대신 충실한 농촌 아낙네로 남아야 할 유감이와 달리, 금녀는 아직 아이 같은 서방을 둔 상태여서 상대적으로 자유롭다. 그리하여 금녀는 주위 사물에 어느 정도 익숙해져서 이제 호기심 어린 손을 내미는 어린아이처럼 운전수에게 접근하고, 그의 유혹을 받아들이게 된다.

금녀는 설마 운전수가 오랴 하면서도 마음이 놓이지 않아 저녁을 먹자 신작로가 바라보이는 나뭇새에 가서 김을 매는 척 망을 볼 밖에 없었다. 아까 물 길으러 갈 때만 해도 단 둘이 만나면 좋기만 할 것 같은 그 사람이 지금은 무섭기만 하였다. 그렇게 무서운 사람인 줄은 꿈에도 생각하지 못했다. (……) 그러한 운전수는 제가 망신을 하거나 코를 베우거나 죽거나 하는 것을 도무지 상관할 사람 같지도 않았다. 오늘 밤에는 무슨 일이 나고야 말 것이 무서웠다.[45]

그러나 막상 운전수와 관계를 가지게 되자 금녀는 그가 자신이 망신을 당하든 죽든 아무 상관없이 마냥 자신의 욕구만 채우는 사람인 줄 깨닫게 되고 공포감을 느낀다. 마치 신작로가 농민들의 의사와는 아무런 관계없이 놓였던 것처럼 운전수 역시 금녀에게 막무가내로 다가오는 것이다. 그럴 때 금녀는 운전수가 한편으로는 어디론가 떠나고 싶은 자신의 욕구를 해소해주면서도, 동시에 그러한 해소를 통해 더 큰 희생을 하게 만들 것임을 직감하게 된다.

그렇지만 금녀는 운전수가 다가오는 것을 거부하지 못한다. 금녀의 호기심이나 불안 가운데 어느 것과도 관계없이, 곧 금녀의 심리나 욕망과는 아무런 관계없이 그는 오로지 자신의 욕심만 채우고 떠나버리는 것이다. 그리고 금녀는 그대로로 죽음을 맞게 된다.

만약 이 소설을 근대를 받아들이는 당시 농민들에 대한 알레고리로 볼 수 있다면, 근대는 운전수처럼 농민들에게 그들의 욕망을 해소해줄 대표적인 기호로 다가왔지만, 결국 그 기호는 근대라는 타자의 폭력을 욕망의 충족이라는 이름으로 위장한 것과 다름이 없음을 말하고 있는 셈이다. 이는 금녀가 운전수에게 매독을 옮아 죽게 되는 것에서 가장 극적으로 표현된다.

한편 이 소설은 또 다른 죽음을 금녀의 죽음과 관련시키고 있다. 금녀의 시집에서 키우던 송아지의 죽음인데, 그 송아지가 죽은 것은 근대와 함께 미국에서 들어온 아카시아를 먹은 때문이다. 그럴 때 "온 동리 사람들은 심지도 않고 접하지도 않았지만 산에나 들에나 마당귀에나 심지어 부엌 담 안에까지 뻗어온 아카시아"에 대해 놀라움과 공포감을 느끼게 된다. 아카시아는 근대처럼 원하지도 스스로 받아들이지도 않았지만 어느새 생활의 가장 깊은 곳에 뿌리내려 종래 농민들의 원환적이고 자족적인 삶의 방식을 송두리째 뒤흔들고 있는 것이다.

　　—데 놈의 자동차 어떡하나 보게 가던 대로 가자꾸나 쌍 놈에게 (……)

　젊은 축 몇 사람이 부동하고 버티었다. 그 바람에 금녀의 상여는 모으로 기울어진다. (……) 춘삼이는 더욱 밸이 울뚝 했으나 길을 비킬 밖에 없었다. (……) 자동차는 상여를 지나치자 달아났다. 회리 바람이 지나간 것 같이 누런 먼지가 일어났다. 금녀의 상여는 그 먼지 속으로 터벅터벅 걸어갔다.

　　—이전에 없던 병두 다 서양서 건너 왔다거든.

　아까 꽃 같은 색시는 왜 죽었을까 하던 사람이 먼지에 막혔던 말문을 열었다.

　　—그놈의 병두 자동차 타구 왔다던가?

　이렇게 춘삼이가 한 마디 툭 했다.[46)]

「봄과 신작로」의 결말에서 금녀의 상여가 자동차 앞에서 버티다가 기우뚱하는 장면은 근대를 맞이한 농민들의 운명을 암시하고 있다. 이제 금녀의 주검은 농민들의 의지와는 관계없이 곧게 쭉 뻗은 신작로를 먼지를 뒤집어쓴 채 "터벅터벅" 따라갈 수밖에 없는 것이다. 자동차와 "그 놈의 병"과 아카시아가 먼지를 내며 달려간 그 길을 말이다.

그러고 본다면, 이 소설은 근대라는 상황이 농민들에게 어떻게 폭력적으로 다가왔는지, 그리고 그에 대응하는 농민들의 위상이 얼마나 왜소해졌는지 잘 알려주는 소설이 된다. 위의 인용문에서 춘삼이와 또 다른 사람이 나누는 대화의 성격이 이를 잘 말해주고 있다. 그 대화는 바로 자신들의 일이면서도 마치 남의 일을 말하는 것처럼 그렇게 "한 마디 툭하는" 정도에 그치고 있다. 막막한 근대의 공포 앞에서 다만 자조적인 뉘앙스만 남아 있는 것이다.

「봄과 신작로」에서 운전수는 '승차'의 주체이다. 그가 근대를 누릴 방향을 결정하고, 또 농민들을 실어가는 유일한 주체이다. 근대 속에서 농민으로 표상된 민중들은 객체가 될 수밖에 없다는 것, 그리고 그 객체들은 근대의 이면에 가로놓인 폭력성에 속수무책으로 당할 수밖에 없다는 것, 그것을 이 소설은 예리하게 포착해내고 있다. 근대성의 이면을 지식인의 복잡하고 퇴폐적인 이면이 아닌 민중을 매개로 포착한 것은 이 소설의 큰 장점이다. 곧 이 소설에 이르러 최명익은 지식인으로서의 무위도식자가 겪는 근대가 아닌, 노동자로서의 군중들이 겪는 근대를 처음으로 포착하게 된 것이다.

「장삼이사」—승차의 특수성 3: '동승자'

「심문」에서 최명익이 드러낸 승차의 특수성은 '속도'였으며, 「봄과 신작로」에서는 '운전자'였다. 「심문」에서 명일이 기차의 속도를 통해, '십분의 안전율'을 내세우면서도 실상은 모두 엄청난 삶의 속도로 몰락을 향해 달려갈 것을 강요하는 근대성의 양면성을 깨달을 때, 승차는 일상적인 체험의 차원을 넘어서 근대를 겪는 본질적인 경험이 될 수 있었다. 그리고 「봄과 신작로」에서 운전수의 금녀에 대한 유혹과 금녀의 몰락을 통해, 욕망의 충족을 내세우면서도 실상은 주체의 파괴로 몰아가는 근대성의 양면성을 보여줄 때, 승차는 무위도식자적인 지식인의 근대성에 대한 반응 차원을 넘어, 군중들의 근대성에 대한 반응을 보여주는 차원으로 올라설 수 있었다. 근대성의 이러한 면모는 산책 모티프만으로는 결코 밝힐 수 없는 것이었음은 물론이다.

그렇지만 좀더 생각한다면, 아직 승차 모티프의 중요한 가능성이 남아 있음을 알 수 있다. 속도의 경우, 그것은 시선을 차창 밖으로 돌리지 않는 한 구체적인 감각으로 다가오기 어려운 추상적인 것이다. 다만 차체의 끊임없는 요동에 따라 흔들리면서 속도를 느낄 수 있을 뿐인데, 이러한 흔들림은 이전의 교통수단이었던 마차에 비해 상대적으로 대단히 작으므로, 속도감을 구체적으로 느끼는 것은 시선을 차창 밖으로 돌리는 경우에 한정되는 것이다. 그리고 운전자의 경우, 그것은 승차의 주체이므로, 자의와 관계없이 무조건 근대를 향한 기차(자동차)에 승차를 해야만 하는 사람들의 심리와는 관계가 없는 것이었다. 요컨대 속도와 운전자를 통해 최명익은 근대의 폭력적 본질은 드러낼 수 있었지만, 군중들이 승차 자체를 통해 느끼는 감각은 아직 제대로 형상화할 수 없었던 것이다.

이 점에서 승차 모티프의 남은 영역은 동승자이다. 근대에 발달된 대중교통수단은 몇 명의 한정된 사람들이 타던 이전의 교통수단과 달리, 서로 무관한 많은 수의 사람들을 한꺼번에 태우고 있다. 승차는 이름 모를 다수의 동승자 곧 군중들에 대한 경험을 할 수 있는 계기가 되는 것이다. 사실 이같은 동승자들은 거리에서 주위를 스쳐가는 군중들과 다를 바 없다는 점에서 대중교통수단이란 군중들이 통행하는 거리의 연장선상에 있다고 할 만하다. 곧 동승자를 주목하는 것은, 거리에서의 군중에 대한 체험과 상통하는 것이다.

그렇다면 승차의 동승자는 거리의 산책과 완전히 같은 것일까. 그렇지는 않다. 동승자는 차창 밖을 볼 때 느끼는 속도나, 기차에서는 확인할 수조차 없는 운전자와 달리, 훨씬 직접적으로 근대의 거리 경험의 본질을 드러내는 것으로 보인다. 왜냐하면 대중교통의 성격상 옆자리에 앉거나 중간 통로에 서 있는 동승자──군중──들과의 신체적 접촉이 불가피하기 때문이다. 요컨대 산책에서는 적당한 정도의 물리적 거리가 산책자에게 보장되어 있어서──그런 물리적 거리가 확보되지 않아서 서로 부딪친다든지 하면 산책이 아니다──산책자는 군중에 관심을 기울일 수도 기울이지 않을 수도 있는 것이지만, 대중교통의 승차자는 동승자에 대한 물리적 거리를 유지할 수 없으므로, 그들과의 접촉을 승차 시간 내내 강요받고 있는 것이다.

여기서 그동안 살펴본 최명익의 소설들을 다시 본다면, 주인공들은 동승자에게는 관심을 기울이지 않았다. 대신 그들은 차창 밖에만 시선을 주고 있을 따름이었다. 동승자에게 시선이 머물지 않은 것은 무위도식자의 자폐적인 내면에 의미를 두었기 때문인데, 군중들과의 접촉은 그런 내면을 드러내기 위해 의도적으로 회피되었던 것이다. 그리고 본다면 「심문」에서 명일이 '속도'라는 승차의 특수한 면모에 대한 인식을 하게 되었던 또 다른 원인도 동승자에 대한 관심을 배제한 채 차창 밖을 바라보았기 때문일 것이다. 그럼에도 그렇게 속도에만 관심을 기울이고 있는 한, 승차의 중요한 측면인 '동승자'에 대한 경험은 제대로 포착될 수 없을 것임도 명약관화한 일이다.

　이 찻간 한 끝 바로 출입구 안쪽에 자리잡은 나 역시 담배를 피워물고 주위를 돌아볼 여유가 생겼던 것이다. (……)──이 중에는 남 모를 설움과 근심 걱정을 가지고 아득한 길을 떠나는 이도 있으려니──. 이런 감상적인 심정으로보다도, 지금은 단지 인산 인해라는 사람들 틈에 부대끼는 괴로운 역정일는지 모를 것이다. 그렇다고 지금도 그런 역정으로 주위를 흘겨보는 것은 아니다. 물론 아득한 길을 떠나는 사람의 서러운 표정을 구경하려는 호기심도 없었다. 만일 그런 것이 있다면 방심 상태인 내 눈의 요깃거리는 되겠지만.[47)]

　그러나 「장삼이사」는 승차자가 시선을 차 안으로 돌리는 것에서 시작한다. 이 소설에서 승차자인 '나'는 주위의 동승자들을 바라볼 뿐 차창 밖의 자연 풍경은 전혀 보지 않는다. 그의 관심은 "남모를 설움과 근심 걱정을 가지고 아득한 길을 떠나는" 것인지도 모를 동승자들의 얼굴에 온통 쏠려 있는 것이다.

그 때문에 「장삼이사」는 그동안 지식인의 자폐적이고 절망적인 심리를 다루는 최명익 소설의 주류에서 벗어난 예외적인 작품으로 평가받아왔다.[48] 이는 현상적으로 볼 때 타당하지만 공시적인 지적이어서, 왜 그렇게 그동안 회피하던 군중을 전면적으로 드러내는 쪽으로 나아갔는지에 대한 통시적인 설명은 제대로 이루어지지 않았다고 할 수 있다.

여기서 「심문」의 주제를 다시 생각해볼 필요가 있다. 앞에서 본 바와 같이 「심문」이 '엄숙한 비관'에 빠진 무위도식자의 자기폐쇄적 성격을 비판한 것이라면, 이후에 승차가 나올 경우 더 이상 인물의 시선은 차창 밖에 머물 수 없다. 차창 밖으로 시선을 돌리는 것은 다시금 무위도식자의 삶에 비중을 두는 셈이 될 것이기 때문이다. 무위도식자에 비중을 두지 않으려면 시선을 차 안으로, 다시 말해 동승자에게 돌릴수밖에 없는 것인데, 이로 볼 때 「장삼이사」는 「봄과 신작로」와 함께 무위도식자로부터 군중으로 관심의 방향이 전환하는 단계에 있는 작품이라고 할 것이다.

「장삼이사」가 「심문」의 발전을 이어받은 작품이라는 것은 군중(동승자)을 바라보는 화자의 관점에서도 드러난다. 이전의 소설들에서 주인공 또는 화자는 군중과 접촉하여 아무리 심각한 경험을 한다 하더라도 군중에게서 그동안 인식하지 못했던 새로운 것을 발견하지는 않는다. 예를 들어 「무성격자」에서 정일은 죽음을 앞두고 아무것도 먹지 못한 아버지가 물을 보고 짓는 "황홀한 눈빛"을 보면서, 한편으로는 그 눈빛에 드러난 "가열찬 생에의 의지"에 감동을 받지만, 내적으로는 그러한 의지란 일상적인 차원에 여전히 있는 것이라는 판단을 내리면서 예전의 '엄숙한 비관'으로 되돌아갔던 것이다. 곧 정일을 비롯한 이전 작품의 주인공들은 자신의 선험적인 비관의 논리로써 모든 거리 경험을 재단하고 있다고까지 말할 수도 있는 것이다.

그러나 「심문」에서는 좀 다른 양상이 나타난다. 여옥이나 현혁의 사이에 끼어든 명일은 속물적이나마 이런저런 예단(豫斷)을 내리면서 그들의 행위를 관찰하지만, 그 예단은 항상 빗나간다. 하얼빈에서 만난 여옥의 모습이 명일의 상상과는 판이했던 것이나, 뜻밖에도 현혁이라는 아편 중독자와 살고 있었던 것, 그리고 무엇보다도 같이 조선으로 들어갈 것이라는 예상과는 달리 여옥의 자살을 보게 된 것 등등 구체적 상황에 대한 명일의 예단은 한 번도 맞은 적이 없다. 현혁과 여옥은 항상 명일의 예상과는 어긋난 방향으로 나아갔던 것이다.

「장삼이사」 역시 마찬가지로 화자의 예단이 끊임없이 어긋나는 것이 반복된다. 먼저 화자는 "가장 두드러지게 차려입은" 신사가 결벽증을 부리며 주위의 동승자들을 모욕하는 것을 본다. 그러나 화자에게는 의외로 그 신사는 부드럽게 다른 동승자들에게 말을 걸고, '나'의 예상과는 달리 주위에서도 순순히 그 말을 받아들여 같이 술을 마신다. 그 과정에서 화자는 또 예상하지 못한 것이기는 하지만, 이미 다른 동승자들은 그 신사가 실상은 포주이고, 그 옆에 앉은 여자는 창녀라는 것을 알고 있었음도 드러난다.

그런 신경의 착각일까. 웬 까닭인지 내 머리 속에는 금방 변기 속에 머리를 쳐박고 입에서 선지피를 철철 흘리는 그 여자의 환상이 선히 떠오르는 것이다. (……) 더욱이나 아까 입술을 옥물고도 웃어보이던 그 눈을 생각하면서 역력히 죽을 수 있는 때진 결심을 보여준 것만 같아서 (……) 문을 깨뜨리고라도 보고 싶은 충동에 몸까지 들먹거리기도 하는 것이었다. (……) 아아, 그러나 이런 나의 악몽은 요행 짧게 끊어지고 말았다. 그 여인이 내 무릎을 스치며 제 자리로 돌아왔다. 무사히 돌아올 뿐 아니라, 어느 새 화장을 고쳤던지 그 뺨에는 손가락 자국도 눈물 흔적도 없이 부우옇게 분이 발려 있는 것이었다.[49]

그러나 무엇보다도 화자의 예상이 빗나간 것은 포주에게 여자를 넘겨받은 젊은이가 그 여자에게 여러 동승자들이 보는 앞에서 심한 손찌검을 한 다음에 일어난 일이다. 위의 인용문에서 보듯이 화자는 그 여자가 분함과 모욕감을 못 견디고 화장실에서 자살을 하고야 말 것이라고 상상하지만, 정작 그 여자는 아무 일 없는 듯이 눈물과 손자국을 화장으로 가리고서 돌아왔던 것이다. 더군다나 화자를 제외한 다른 동승자들은 그 여자가 그런 모습으로 돌아올 줄 뻔히 알고 있었다는 듯이, 그 여자가 화장실에 갈 때부터 돌아올 때까지 여자의 움직임에 대해 아무런 신경도 쓰지 않는다.

이처럼 화자의 상상(예단)이 빗나간 것은 그가 여인에게서 현실부정의 움직임을 기대했던 때문이라고 할 수 있다. 요컨대 그는 자신의 현실부정 욕구를 그녀에게 투사하고 있었기 때문에 그런 상상을 하게 되었던 것이다. 그러나 실제 상황을 본다면 그녀를 때렸던 젊은이나 맞은 여자, 그리고 그것을 심상하게 바라보는 다른 동승자들은 화자의 현실부정 욕구와는 아무런 관련이 없다. 이는 젊은이나 다른 동승자들이 여인이 화장실에 가건 말건 신경 쓰지 않고 여인을 때린 이유에 관한 대화만 나누고 있는 데서도 잘 드러난다. 그럴 때 여인이 예사롭게 돌아온 것이라면, 결국 화자만이 군중들과 다른 엉뚱한 생각을 하고 있었던 셈이다.

결국 「장삼이사」는 '예단―어긋남―예단―어긋남'이 반복되는 서사구조 위에 놓여 있다고 할 것인데, 이 점에서 「장삼이사」는 「심문」의 서사구조를 이어받고 있다고 하겠다. 또 상상이 어긋난다 하더라도 그렇게 어긋났을 때 여옥이 죽음으로써 주장한 삶의 가치를 볼 수 있었던 것처럼, 이 소설의 화자도 그렇게 예단이 어긋난 만큼 현실의 실제적인 움직임—화자의 욕망이 투사된 예단과는 아무 관련 없이 그 스스로 존재하는—을 경험할 수 있는 것이다.[50] 「비오는 길」이나 「무성격자」 같은 소설들에서 인물이 군중을 경험할 때 그 군중이 생각하거나 행동하는 바의 의미를 금방 알아차리고 판단하면서 '엄숙한 비관'에 빠지던 것과 비교한다면, 이 소설에서 군중(동승자)은 화자의 선험적인 관념과는 다른 독자적인 존재로 나타나며, 그 때문에 화자는 쉽사리 비관적인 결론을 내릴 수 없다. 이처럼 화자의 관념으로 예단되지 않는 군중의 독자적인 면이 포착된 것은, 거리 경험의 내용면에서도 진전이 나타났음을 알려준다.

이상의 논의를 종합할 때 최명익은 먼저 산책자의 새로운 유형을 성립시켰다고 할 수 있다. 군중들의 이미지 포착과 자유연상에 치중하는 보들레르적인 산책자 대신, 고뇌어린 내면성으로 자기확인에 치중하는 도스토예프스키적인 산책자가 그것이다. 이와 같은 유형의 산책자는 「비오는 길」, 「역설」, 「폐어인」 등의 작품에 나타난다. 최명익이 이 작품들에서 보여준 것은 거리 경험에서 다시금 자기폐쇄적인 무위도식자의 삶으로 되돌아가는 과정이다. 그럴 때 이 소설의 주인공들은 거리(근대적 일상성)에 대한 '엄숙한 비관'의 상태에 빠진다.

한편 이와 같은 산책 모티프로부터 파생되어 나온 것이 승차 모티프이다. 「무성격자」에서 승차의 경험은 산책의 연장선에서 나타나는데, '엄숙한 비관' 상태에서 무력한 자신에 대한 확인이 고통스러운 과정을 거쳐 이루어진다. 그러나 이어서 발표된 세 작품에서 승차 모티프는 산책과는 다른 독자적인 미학적 의미를 지닌 것으로 탈바꿈한다. 「심문」의 속도, 「봄과 신작로」의 운전자, 그리고 「장삼이사」의 동승자가 그것이다.

먼저 「심문」은 승차의 독자적인 속성인 속도를 매개로 근대가 개인에게 강요하는 삶의 엄청난 변화 속도를 드러내며, 그러한 삶의 속도에 대항하는 것으로서 과정 중의 가치를 중시하며 그것을 지키려 하는 여옥의 진정성이 지니는 의미를 보여준다. 「봄과 신작로」는 무위도식자 대신 농민이 어떻게 승차 곧 근대를 받아들이는가를 근대를 표상하는 운전자를 매개로 다룬 작품이다. 그럴 때 이 운전자는 욕망과 공포라는 근대성의 이중적 면모를 드러내는 기능을 한다. 마지막으로 「장삼이사」는 무위도식자 또는 중간자로서의 승차자로서는 알 수 없었던 군중의 독자성을 동승자를 매개로 경험하는 것을 보여준다. 이러한 동승자들은 욕망과 공포의 근대성 속에서 그들 나름의 삶을 유지해나가는 것이 바로 군중들임을, 따라서 산책자 또는 무위도식자로서의 지식인적인 승차자가 지녔던 우월감은 사실 헛된 것임을 드러내주는 기능을 한다.

결국 일제강점기 최명익의 소설은 근대성의 이면을 예민하고도 섬세한 방식으로 드러낸다고 할 수 있다. 그리고 그것을 가능하게 한 소설의 미학적 형식은 산책과 승차였던 것이다. 특히 산책으로는 제대로 포착할 수 없는 군중들의 삶의 방식에 '동승자'를 통해 접근해 들어간 것은, 최명익이 일제 말기에 이미 모더니즘의 영역을 벗어나기 시작했다는 것을 알려준다.

그러나 이러한 과정에서 거리 경험의 출발점이 된 무위도식자의 삶은 최명익에게 딜레마로 남았던 것 같다. 현실변혁의 전망은커녕 어떤 즉각적인 현실부정조차도 불가능하게 여겨질 때, 무위도식자의 삶은 불가피하나 능동적인 선택에 의한 삶의 유력한 형태가 되지만, 그러한 삶은 결국 무위도식자의 현실도피적 삶에 대한 합리화를 동반하게 되기 때문이다. 무위도식자의 삶 깊숙이 내재된 현실부정 욕구를 살리면서도 그것을 합리화하지 않는 것, 이것이 「심문」에 이르기까지의 주요한 주제였다고 할 수 있다.

해방 이후의 삶

　최명익은 1945년 8월 15일 해방을 일제의 압박을 피해 1년
여 동안 은거했던 평안남도 강서군 취룡리에서 맞는다. 최명
익이 1946년 발표했던 중편소설「맥령」에는 해방을 전후한
시기에 최명익이 처했던 상황과 그에 대한 내면적 인식이 자
전적으로 술회된 부분이 있다. 이 부분을 참고하면, 최명익
은 1944년 가을 무렵 강서군[51]으로 소개해 갔던 것으로 추
정된다. 평양에서 경영하던 것을 모두 처분한 돈이라면 3년
은 견딜 수 있을 것이라는 요량으로, 그나마 익숙한 외가가
있는 곳으로 이사를 갔던 것이다.[52]

　그러나 소개해 갔던 곳도 일제 관헌의 압박으로부터 자유
로운 곳은 아니었다. 우리말로 쓰는 행위는 고사하고, 우리
말로 된 책조차 제대로 건사하기가 어려웠던 것이다. 그러한
상황을「맥령」에서는 다음과 같이 술회하고 있다.

사실인 즉 상진이가 S면 장거리로 소개해 나왔을 때는 장서(藏書) 전부를 짐짝 그대로 헛간 샛단 속에 묻어두었던 것이다. 그러나 일찍이 작가라고 다소나마 이름이 팔렸고 중일전쟁 이래 오륙년 간이나 붓을 던지고 있는 지금도 아직 그렇게 지목을 받는 중이라 방 안에 책 한 권도 없는 것이 오히려 부자연하고 혹시 이번 경우와 같은 때 어떤 책을 어디다 감추었는가 의심받을 염려도 없지 않아 허울로나마 몇 권 책을 늘어놓았던 것이다.

　조선말 책은 물론 붉은 글자 붉은 표지까지 꺼려가며 골라 내놓는 수십 권 중에 젊은 시절의 창백하고 말쑥한 우울의 자취로 남은 이 책들은 지금은 내출혈적으로 속 깊이 멍들고 찌든 그의 우수를 가리기 위한 미채로 가장 눈에 뜨이게 진열했던 것이다.[53]

　이렇게 헛간에 숨겨둔 책 속에는 『임꺽정』, 『고향』 같은 장편과, 『까마귀』, 『소년행』 같은 단편집, 『조선어사전』, 『표준어모음』과 『문장』 같은 옛 잡지들이 있었다. 그러한 책들을 헛간에 숨겨놓고 최명익은 문학활동을 한 지 오래되었다는 핑계를 대며 일제 말기를 버텨냈던 것이다. 상대적으로 대중적인 독자가 적었고, 아울러 실질적인 문학활동의 기간이 짧았던 점도 최명익이 일제의 압박을 덜 받았던 이유겠지만,

그런데도 최명익이 일제와 타협하지 않았던 가장 중요한 이유는 그 스스로의 결연한 태도에 있었다고 할 수 있다. 이에 더하여 3·1운동 당시 가족을 잃었던 것이 사실이라면, 최명익으로서는 일제와 타협하는 것이 더욱더 불가능했을 것이다.

이것이 사실일까? 반 세기 동안 바라고 기다리던 이날이 그저 그리던 꿈이 아니고 목전에 실현할 수 있는 역사였던가? 지금부터의 앞날 앞길이 하도 양양하고 찬란하매 지금까지의 어둡던 과거가 더욱 암담하였다. 암흑과 압박 속에서 속절없이 소모된 청춘과 반생이 상진이는 그 이튿날도 그저 황홀한 꿈 속을 헤매는 듯만 하여 좀처럼 생각이 현실적으로 돌아가지 않아서 좁은 방과 뜰을 얼빠진 사람같이 거닐고만 있었다.[54]

이렇게 평안남도 강서군에서 묵묵히 일제 말기를 견뎌내고 있을 때, 대부분의 식민지 조선인이 그러했던 것처럼 해방은 최명익에게도 '황홀한 꿈' 같이 찾아왔다. 비록 전황이 돌아가는 형세를 보고 곧 일본이 패망하리라 짐작하지 못했던 것은 아니지만, 정작 해방의 감격은 위의 인용에서 술회된 것처럼 "앞날 앞길이 하도 양양하고 찬란하"여 도리어 막막할 지경으로 다가왔던 것이다.

　여기서 다시금 생각해야 할 것은, 최명익이 「비오는 길」이라든가 「심문」, 「봄과 신작로」 등에서 보여준 주제의식이 서구중심주의적인 근대를 선망하는 것과는 거리가 멀었다는 점이다. 앞 장에서 분석했던 것처럼, 오히려 그는 서구 중심 또는 일제가 강제로 유입시킨 근대화가 가져온 어두운 그늘을 문학 속에서 드러내고 극복하려 애썼던 것이다. 그러하기에 그가 일제 시기에 보여준 고뇌는 식민지 근대인의 고뇌였던 것이라고 할 수 있다. 곧 보들레르적 산책이 아닌 도스토예프스키적 산책을 중심 모티프로 선택한 것에는, 마셜 버먼이 말한 대로 '저개발의 모더니즘'[55]을 고뇌하는 심정이 전제되어 있었던 것이다. 이러한 심리적 지향을 지니고 있던 최명익에게 해방은 일제가 심어준 식민지적 근대의 상황을 벗어날 수 있는 절호의 기회로 다가왔던 것이라 할 수 있다.

　이에 더하여 「봄과 신작로」와 「장삼이사」에서 나타났던 기층 민중 또는 군중에 대한 관심도 해방을 대하는 최명익의 생각을 짐작해볼 수 있는 근거가 된다. 곧 최명익은 이미 그 작품들을 통해 지식인의 자폐적인 내면만으로는 식민지적 근대성의 그늘을 넘어설 수 없다는 것, 따라서 그동안 산책자(지식인)들이 우월감으로 대해오던 군중에게서 새로운 가능성을 발견할 수밖에 없다는 것을 어느 정도 깨닫고 있었다고 할 수 있다. 요컨대 군중을 대하는 산책자의 우월감이 약화되거나 소거된 상태에 있었다는 것이 중요한 것이다.

이러한 두 측면을 고려할 때, 최명익에게 해방은 식민지적 근대를 넘어설 절호의 기회이자, 그렇게 넘어설 가능성을 지식인이 아닌 군중 또는 기층 민중에게서 발견하는 실질적인 계기로 다가왔다고 할 수 있다. 그러나 이와 같은 내적 요인 외에도 최명익이 해방 이후 보여준 좌익으로의 전향에는, 그가 자라고 생활한 곳이 평양이었다는 외적 요인도 작용했다고 보는 것이 옳을 것이다. 이를 두고 '평양중심주의'의 소산이라고 하는 것은 좀 지나친 감이 있지만, 어떻든 그가 평양과 평안도를 떠나 산 것은 짧은 유학시기뿐일 만큼 38선이 갈린 뒤에도 북한에 남는 것이 자연스러웠다는 점만큼은 인정해야 하는 것이다.

정리하자면, 내면적으로 이미 식민지 모더니즘의 그늘을 예민하게 느끼고 비판해왔으며 더욱이 모더니즘 특유의 지식인적 속성을 벗어나 군중에게로 접근해나가는 시기에 도달해 있던 최명익으로서는, 자신이 사는 곳에서 공산주의가 득세하게 되었을 때 구태여 그것을 거부하거나 도피할 이유가 없었다는 것이 그의 전향에 대한 적실한 설명이 될 것이다.

해방 이후 공산주의가 확실하게 득세하기 이전에 최명익이 보여주었던 행적은 바로 이러한 점을 잘 알려준다. 최명익이 다시 평양으로 온 것은 1945년 9월경으로 추정된다. 1945년 9월경 38선 이북에서는 최초로 문화운동단체인 '평양예술문화협회'를 결성하는 데 최명익이 주도적으로 참여하였기 때문이다. 그러나 이때까지만 해도 생활의 근거지를 평양으로 완전히 옮기진 않은 것으로 보인다.

이 평양예술문화협회는 문학뿐만 아니라 음악·미술 등 평양에 거주하면서 공식적인 예술활동을 하던 이들이 대거 참여하여 결성된 단체였는데, 최명익은 이 단체의 회장으로 선출되었던 것이다. 그 주요 구성원들은 다음과 같다.

문학: 최명익·전재경·오영진·한태원·김조규·유항림·황순원·남궁만·김승구 등

음악: 김동진·한시형·황학근·김완익·강효순·유광덕·김유성·백운복 등

미술: 김병기·문학수·정관철 등

비록 공산주의에 찬동하는 예술인들도 참가하지 않은 것은 아니지만, 이 단체의 대체적인 성향은 당시 민족주의 우파 정치인으로서 해방 직후에는 김일성과 일단 연합노선을 걸고 있던 조만식—그는 이후 김일성의 견제를 받고 감금된다—의 '평안남도 건국준비위원회'를 지지하는 쪽이었던

것으로 알려져 있다.[56] 그러나 해방 이후 북한문단에 대한 회고담을 발간한 바 있는 현수(박남수)는 이 단체에 대해 정치적 속성을 배제한 단체라고 언급한 바 있다. 곧 이 단체는 공산주의를 장려하지 않는 대신에 배격도 하지 않는 중립적인 성격을 띠었다는 것이다.[57]

이와 관련하여 「맥령」을 다시 보면, 주인공 상진이 평안남도 강계군의 건국준비위원회에 중심 구성원으로 참여하는 장면이 나온다. 당시 전국 곳곳에 세워진 건국준비위원회는 여운형 계열의 주도로 설립된 자치단체이자 사회운동단체였지만 실제로는 민족주의자와 진보주의자들(공산주의 및 사회주의 등)의 연합전선이기도 하였다는 점을 생각하면, 이 시기의 최명익의 사상적 입지점은 아직 좌익으로 전향하기 이전의 무이념적 상태였음을 짐작할 수 있다.

최명익과 김일성이 처음 만난 것은 1945년 10월 20일이었던 것으로 추정된다. 이날 평양 소재 일본요릿집에서 열린 '김일성 장군과 그 가족 환영 및 위안 연회'에서 문학계의 대표로 참석한 최명익이 "드디어 견디다 못해 한 마디의 축사를 제공했다"는 오영진의 술회가 있는 것이다.[58] 이러한 증언 역시 공산주의나 김일성에 대한 증오감이 착색되어 있는 것이기는 하지만, 당시 최명익의 중립적인 태도를 간취하게 해준다.

그러나 이후 평양예술문화협회는 급변하는 시대 정세 속에 갈수록 휘말리게 된다. 1945년 12월 27일 모스크바 삼상회의에서 결정된 '코리아에 관한 의정서'는 해방된 한국을 북위 38선을 경계로 남쪽은 미국이, 북쪽은 소련이 신탁통치를 한다는 내용이었다. 이 신탁통치안은 남북한의 정치 및 사회운동에 엄청난 회리바람을 몰고 왔는데, 특히 평양에서는 1946년 1월 2일 모든 사회주의 정당 및 단체들이 이 의정서에 대한 지지 선언을 했던 것이다. 그러나 조만식은 이에 반대했는데, 김일성 중심의 공산세력은 그를 1946년 1월 5일 고려호텔에 강제로 연금함으로써 조만식과 김일성 양자 간의 연합노선은 종식된다. 그리고 38선 이북에서는 김일성이 정치의 주도권을 행사하게 된다.

이와 같은 정세의 변화는 최명익이 회장으로 취임했던 평양예술문화협회의 앞날에도 큰 영향을 미쳤던 것으로 보인다. 1946년 1월에 간행된 『관서시인집』을 둘러싼 논란이 그것을 상징적으로 보여준다. 김조규·양명문·황순원 등이 중심이 되어 발간된 이 시집은 대체로 비정치주의를 내세운 쉬르리얼리즘 계열의 시들이 실려 있었는데, 이러한 시들은 "쉬르레알리즘의 준동을 분쇄하자"는 모토를 내세운 공산주의 계열의 비평가들에게 혹독한 비판의 대상이 되었다. 곧 문학의 자율성을 내세운 비정치성은 소-부르주아적인 정치성의 다른 면모이고, 따라서 이러한 작품들은 더 이상 창작되지 않아야 한다는 식의 비판을 받았던 것이다.

이 시집을 둘러싼 혹독한 비판이 수행되는 상황에서, 1946년 2월 김일성이 북조선인민위원회를 장악하고 이어 1946년 3월 토지개혁을 추진하면서 평양예술문화협회는 큰 위기를 겪게 된다. 황순원은 시집에 대한 비판과, 토지개혁의 추진을 계기로 월남해버렸고, 김조규나 양명문은 자기비판의 과정을 거쳐 공산주의를 수용하게 된다. 여기서 최명익은 김조규나 양명문과 같은 길을 걸어갔다.

그 동안 상진이는 건준(건국준비위원회—인용자)의 부탁으로 일간 개학하는 학교에서 가르칠 국어교재를 만들고 있었다. 상진이 자신부터 철자법에 자신이 없고 같이 의논하는 몇몇 교원들은 지금까지 우리말 우리글에 관심이 없던 사람들이라 변변한 교재가 될 리 없으나 전혀 없느니보다는 도움이 되리라 하여 착수한 것이다. 물론 중앙에서 권위 있는 전문가들이 일을 하겠지만 그 결과가 이런 벽지에까지 오기는 퍽 후의 일이라 할밖에 없었다. (……) 교재를 만들면서 그들은 처음 몇 과째의

나라./우리나라.

에서나 좀 진도가 높아져서

조선은 우리나라/우리는 조선 어린이/씩씩한 어린이

　　이렇듯 단순한 글을 써놓고도 스스로 감격할 밖에 없었다.[59]

　　평양예술문화협회에서 주목할 만한 인물은 김조규이다. 모더니즘 시인이었던 그는 최명익과 유사한 사상적 궤적을 보여준다. 그는 1946년 초에 소학교의 조선말 교재를 편찬한 적이 있는데, 이와 유사한 장면이 「맥령」에서 위의 인용과 같이 제시되고 있다. 당시 김조규를 비롯한 평양의 문인들이 이처럼 교재 편찬에 주력한 것은 "소련군 사령부의 검열과 소요경비 때문에 잡지를 내지 못한 대신에 일시 창작 활동을 중지하고 소학교용 국어교과서 편찬을 주사업으로"[60] 하였던 때문이다. 최명익 역시 이 과정에서 교재 편찬에 참여한 것으로 보인다.[61] 이후 김조규는 소련군이 조·소 친선을 위해 1946년 2월 20일 창간한 한글기관지『조선신문』에 번역 겸 교열의 자격으로 참여하게 되는데, 이 과정에서 최명익도 조기천·박효정 등과 함께 관여했다.[62]

　　『관서시인집』이 발간되고 논란에 휩싸였던 1946년 무렵 평양에는 또 하나의 예술단체가 결성된다. '평양예술문화협회'(이하 평문협)와 달리 강력한 이념성을 내세웠던 '평남프롤레타리아예술동맹'(이하 평예맹)이 바로 그것인데, 이는 북조선프롤레타리아예술동맹의 평양지부격이었다. 1946년 1월에 결성된 이 단체의 주요 인물은 한재덕·남궁만·이석 률·심삼문 등이었는데, 이 가운데 한재덕이 위원장이었다. 그러나 실제로 이 단체의 결성을 추진한 사람은 공산당 평양 시당부 문화부장이었던 고일환이었다. 그러나 평문협과 평 예맹의 조직 구성원은 겹치는 사람이 많았다.

이 평예맹은 1946년 3월에 결성되는 '북조선문학예술총 동맹'(이하 예맹)의 중심적 역할을 한다. 곧 평예맹은 예맹 의 중심적인 지역 지부가 되었던 것이다. 참고로, 예맹은 창 설할 때 평남뿐 아니라 다른 지역에도 지부를 결성했는데, 함경남도의 경우에는 한설야, 강원도의 경우에는 이기영 이, 그리고 황해도의 경우는 안함광이 각각 지부위원장을 맡 았다.

다시 1946년 1월 무렵으로 돌아가보면, 평예맹은 성립되 자마자 최명익이 회장으로 있던 평문협에 두 단체의 통합을 요구하게 된다. 이미 김일성 중심의 공산계열이 장악하고 있 던 북한의 정치적 상황에서 평문협은 공산당 평양시당의 문 화부장이 핵심 세력인 평예맹의 통합 요구에 응하지 않을 수 없었던 것으로 추정된다. 이 당시의 정황에 대해서는, 비록 이념적으로 공산계열에 반대하는 관점에서 썼기 때문에 완 전히 신빙할 수는 없지만, 다음의 기록을 참조할 만하다.

공산당은 유행가 콩쿨대회며 명창대회를 열고 거기서도 거리의 가수 예인을 모았고 화류계의 기생 아가씨며 카페 여급 심지어 유곽의 창기까지 그 예능을 따라 맹원으로 가입시켰다. 이 수백 명「고명하신」문학예술인들을 위하여 두 단체(평문협과 평예맹—인용자)는 합동해야 한다는 것이었다. 그러나 평문협의 샌님들은 심히 그 처사에 불만하였으나 어차피 합동 준비 회합을 가지지 아니하지 못하였다.

그리하여 평문협은 각계에서 이삼명 씨의 대표단을 구성하여 가지고 평문협의 회관인 백선행기념관 옆 구 방어단본부사무소에서 프로예맹의 왕림을 기다리고 있었다. 그날 정각을 기하여 과연「위대한」예술가의 장사진이 도래하였다. 평문협 대표들은 많은 방청인이 와 준 데 대하여 감격하고 있었는데 그 실은 그들이 방청인이 아니라 프로예맹의 대표들이라는 것을 얼마 후에야 겨우 알게 되었다. 그때야 이 샌님들은 대표자의 균형이 맞지 않는 것과 대표자들의 자격을 심사해야 할 것과를 동의하였으나 많은 거수기들은 그 동의를 부결하는 데 강력하였다.

이리하여 평문협은 이런 합동은 할 수 없다고 그 준비회의를 거부하고 말았다. 이로 인하여 샌님들인 평문협의 활동은 더우 소극적으로 되어가는 반면에 프로예맹온 그 활동이 점점 활발하여 갔다. 그들은 모든 극장을 접수하였고 회원들에게는 무료관람권을 배포하였다. 그리고 각 극장에서 연극을 상연하고 유행가 콩쿨대회를 열었다. 이 무렵에 쏘련 영화가 수입 상영되기 비롯하였다.[63]

이렇게 두 단체의 합동을 위한 1차 회합이 무산된 뒤, 1946년 2월경 다시 통합 요구가 제기된다. 그러나 이번의 통합 요구는 첫 번째처럼 두 단체 간의 자유로운 논의를 전제로 한 것이 아니었다. 그것은 강제통합을 요구하는 것이었는데, 이는 소련의 동포 2세 출신인 김파라는 장교에 의해 제기되었다고 한다.

두 단체의 통합을 위한 두 번째 모임은 평예맹의 회관인 환천당 시계점 이층에서 열렸는데, 이 자리에 참관자 격으로 나타난 김파는 두 단체의 대표들을 앞에 놓고 당을 중심으로 한 문학예술인들의 임무에 대해 말하였다. 이러한 김파의 존재로 말미암아 벌써 두 단체의 통합은 당연한 일처럼 되어버렸던 것이다.

그러나 평문협은 두 단체의 통합 대신 자진해산이라는 길을 택하였다. 이 와중에서 최명익의 내면적인 심정은 어떤 것이었을까. 이와 관련하여 참조할 것은 1946년 1월에 최명익이 『어린 동무』라는 어린이 잡지에 김일성 장군의 항일활동에 대한 글을 썼다는 사실이다. 이로 볼 때 황순원 같은 평문협의 일부 구성원들은 평문협의 해산을 그다지 긍정적으로 보지 않았겠지만, 최명익의 경우에는 이미 공산사상에 어느 정도 찬동하고 있었음을 알 수 있다.

1946년 3월 북조선문학예술총연맹(이하 문예총)이 출범할 때, 최명익은 이에 가담하여 중앙상임위원과 평안남도 위원장을 맡게 된다. 이러한 사실 역시 평문협 해산을 최명익이 일종의 필연적인 선택으로 간주했을 가능성을 알려준다. 이 단체는 1946년 10월 '북조선문학예술총동맹'으로 바뀐다. 특히 1946년 5월 '북조선 정당 사회단체 및 예술인 대회'에 김일성이 참석하여 "문화인들은 문화전선의 투사가 되어야 한다"는 연설을 한 이후, 문학예술에 대한 정치성의 강화는 북한에서 돌이킬 수 없는 절대적 흐름이 되었다.

1946년 3월 5일 토지개혁법이 공포되면서 전격적으로 실시된 북한의 토지개혁은 문학에도 큰 변화를 몰고왔다. "최단기간 내에 일본침략자 및 친일적 반동분자에게서 몰수한 토지와 삼림을 정리하며 적당한 방법으로 조선인민 지주의 토지와 삼림을 국유화시키며 반분 소작제를 철폐하여 무상으로 농민에게 분여하는 것"을 목표로 한 토지개혁은 3주 만인 3월 말경에 완료되었다. 김일성이 위원장이었던 북조선 인민위원회가 소련군의 지원 속에서 "무상몰수 무상분배"를 기본 원칙으로 실시한 이 토지개혁은 이후 공산당 정권을 지지하는 사회적 기반을 이룬 것은 주지의 사실이거니와, 토지개혁이 끝난 후 농민 가운데 98퍼센트 이상이 자영농이 될 정도로 철저하게 시행되었다.

　역시 예총에는 몇몇 작가 시인들이 모이어 한담을 하고 있었다. 그 화제는 소위 『토지개혁』에 관한 것이었다. 그 하루인가 이틀 전에 토지개혁법령이 발표되었다. 어차피 그런 법령이 나오리라는 것은 알고 있었으나 그 시기가 그렇게 빠를 줄은 몰랐다.
　『그 한뙤기 남았던 논둔덩을 마자 없애니끼니 얼마나 몸이 가벼워 디는디 모르갔쉬다.』
　최명익의 특유한 유모아였다. 그 실은 최의 마지막 재산을 약탈당하고 어쩔 수 없는 자위의 말이었을지도 모른다. 모두 하하 웃었다. (……)
　각설 최명익의 말을 맞받아
　『그래두 몰수를 당하구 보니끼니 기분이 이상한데요. 나두 무슨 큰 지주였던 것만 같아서……』
　하고 웃는 것은 김사량이었다.[64]

　위의 인용문을 볼 때, 최명익 역시 이때 마지막으로 남은 논을 몰수당했던 것 같다. 그러나 위의 술회가 정확하게 최명익의 심리를 서술했다고는 단언할 수는 없다. 해방 이후 최명익의 첫 번째 소설 「맥령」에서 드러난 이 시기 최명익의 심리와는 합치되지 않는 면이 있기 때문이다.

　3월 중순에 들어서서 당시 문예총 위원장이었던 이기영이 토지개혁을 주제로 한 작품을 쓰라는 지시를 내렸다. 이기영 스스로도 이후 토지개혁을 다룬 「개벽」(1946)과 『땅』 1부 (1948)를 썼을 만큼, 토지개혁을 다루는 것은 당시 북한에 거주하던 작가들에게는 필수적인 일이기도 했던 것이다. 이런 상황을 고려한다면, 「맥령」에서 최명익이 당시의 상황으로 인해 진실한 자신의 마음을 드러내지 않았다고 말할 수도 있을 것이다. 그러나 「맥령」의 내용을 본다면, 최명익이 비록 당장은 손해를 보는 것 같은 생각이 들었을지언정, 토지개혁의 대의에는 찬동하였던 것으로 보는 것이 더 합당하지 않을까 생각된다.

　다음 장에서 다시 다루겠지만 「맥령」은 해방 직전 시기에서 토지개혁에 이르기까지의 2년여 동안의 기간을 다룬 것이다. 이 소설은 한편으로는 그렇게 격심한 현실 변화를 겪어가는 최명익 자신의 내면을 자전적으로 그려낸 것이면서도, 다른 한편으로 특히 소설의 후반부는 토지개혁이 가져온 농민들의 변화를 그리는 것에도 치중하고 있는 작품이다. 이에 대해 한 연구자는 다음과 같이 말하고 있는데, 당시 사회의 변화를 바라보는 최명익의 입지점을 드러냈다는 점에서 주목할 만하다.

　따라서 (최명익은—인용자) 농민들이 자기 땅을 소유하여 농사를 지을 때만이 이처럼 노는 논이 없어지는 것은 물론이고 나아가 생산력이 높아져 가난을 면할 수 있다고 보는 것이다. 이러한 점은 해방 후 토지개혁이 이루어지고 난 다음 농민들과 청년들이 내버려졌던 논들을 다시 개간하는 부분에서 극명하게 드러난다. 지주-소작 관계 위에서는 모든 것이 지주의 이해 관계에 의해 결정되기 때문에 버려졌던 땅들이 농민 소유의 땅이 되면서 더 이상 방치되지 않고 농사가 이루어지는 것을 통해 작가는 농민에게 땅을 주는 것이 생산력을 높일 수 있는 방법이며 그럴 때만이 해방의 의미가 제대로 들어올 수밖에 없음을 이야기하고 있다. 최명익은 이기영처럼 단순히 농민을 이상화시키는 그러한 민중주의적 시각이 아니라 생산력의 해방이란 구체적 과정 속에서 해방과 민주주의의 의미를 찾고 있는 것이다. 이런 점에서 그가 이기영보다 이 시기의 민주주의 참모습을 훨씬 구체적으로 이해하고 있음을 알 수 있다.[65]

이후 최명익은 1946년 11월 3일 시행된 북조선 도·시·군 인민위원 선거에서 평안남도 제26구 강서군의 인민위원으로 선출된다. 앞에서 말한 바와 같이 1946년 2월에 이미 북조선인민위원회가 구성되고 김일성이 위원장으로 취임했지만, 그것은 '인민의 선택에 의한 권력 창출'이 아닌, 위로부터의 임명 방식에 의한 구성이었다. 그럴 때 실질적인 인민의 선택을 보장한다는 의미로 11월 3일 선거가 실시되었던 것이다.[66] 모두 3,459명이 선출된 이 선거에서 최명익은 다른 대다수의 후보들처럼 민주주의민족통일전선의 추천으로 입후보했다.

한편, 그가 평양이 아닌 강서군의 인민위원으로 입후보한 것을 보면, 평양으로 솔가를 하고 옮겼을지라도 그곳을 완전히 떠나지는 않았던 것으로 판단하는 근거가 될 수 있다. 이후 최명익이 부르주아적 잔재를 가진 작가로 비판받고 한동안 작품활동을 쉴 때 다시 강서군으로 갈 수 있었던 것도 바로 이러한 사정 덕분이었을 것이다.

이처럼 인민위원으로 선출된 것은 이 시기의 최명익이 능동적으로 공산사상으로 나아갔음을 알려준다. 그것이 생존을 위해서였든 아니면 명리를 위해서였든, 또는 진정으로 역사의 대의를 따른다는 의식하에 이루어진 것이든 간에, 이 무렵부터 최명익에게 공산주의는 점차 내면화되고 있었다고 할 수 있는 것이다.

인민위원으로 선출된 것과 궤를 같이하여 그에게 공산주의 사상을 더욱 철저하게 만들어준 계기가 된 것은 '건국사상총동원운동'이었다. 토지개혁의 충격파가 잦아들고 인민위원으로 선출된 지 한 달 가량 지났을 무렵인 1946년 12월, 최명익은 건국사상총동원운동의 일환으로 함경도 성진군으로 파견되어 그곳의 농민들에 대한 경험을 할 기회를 가지게 된다. 이 건국사상총동원운동이란 1946년 11월 25일 김일성이 북조선임시인민위원회 제3차 확대회의에서 제안한 '건국정신총동원과 사상의식 개조투쟁'에 따른 것으로, 12월 2일 북조선노동당 14차 중앙상무위원회에서 발표한 '주민들의 사상의식개혁을 위한 투쟁전개에 관하여'의 결정서에 따른 운동이었다. 이에 따라 많은 문인들도 "배금주의적 퇴폐문화와 개인주의 문화를 배격하고 전인민이 향유할 수 있는 민주주의민족문화를 창달"하기 위하여 북한 곳곳으로 파견되어 노동자 농민들과 직접 접촉하였다.

최명익도 이 운동의 전면에 나서서 활동하였다. 1946년 12월 6일 문예총 평남위원회 각 시군 대표자회의에서는 '건국정신총동원과 사상의식 개조투쟁'에 대한 김일성의 제안을 지지하고 추진할 것을 결의하는 결정서를 채택했는데, 이 과정에서 문예총 평남위원장이었던 최명익은 주도적으로 활동하였고, 이어서 함경도 성진군으로 파견을 나갔던 것이다. 이 파견 경험에 대해 한 선행 연구자는 다음과 같이 최명익의 내면적 변화를 추측하고 있다.

(최명익의 해방 후—인용자) 두 번째 소설 작품에 해당하는 「마천령」은 1946년 말에 이루어진 건국사상총동원운동에 호응하여 그 자신 직접 내려갔던 성진 지역에서의 경험을 바탕으로 쓴 작품이다. 이 현지파견은 최명익에게 각별한 의미를 가져다 주었던 것으로 보인다. 유학 후 줄곧 평양의 제한된 공간에서 삶을 영위하였던 그가 전혀 다른 층의 삶을 살아가고 있는 사람들의 실제적인 세계를 체험할 수 있게 되어 과거 자신이 지켜온 좁은 성을 무너뜨리고 넓은 세계를 만날 수 있는 기회였던 것이다. (……) 그가 파견나갔던 이 성진 지역은 잘 알려져 있는 것처럼 일제하에서 혁명적 농민조합운동이 격렬하게 전개되었던 곳이다.[67]

이때의 경험을 살리고 아울러 농민들의 토지개혁에 대한 반응을 그려낸 작품이 바로 「마천령」이다. 이 작품에서 최명익은 지식인 출신의 인물과 노동자 출신의 인물을 대조하면서, 지식인 출신의 인물에게는 그가 가진 예민한 자의식이 사회운동의 실천에 걸림돌이 되는 것을, 반면에 노동자 출신의 인물은 성실하면서도 단호하게 운동을 실천해나가는 것을 보여준다. 그럴 때 지식인 출신의 인물은 노동자 출신의 인물이 지닌 품성을 닮으려 노력하는데, 이러한 서사 전개는 당시 최명익의 내면적 상황을 상징적으로 알려주고 있다. 곧 그에게 이제 지식인의 자폐적인 자의식은 쓸모없는 것에 지나지 않았으며, 그보다는 노동자 농민의 계급성과 당파성을 받아들이는 것이 당면 과제가 되었던 것이다.

이러한 「마천령」은 당시 북한의 평자들에게 많은 관심의 대상이 되었던 것 같다. 대표적으로 안함광은 「마천령」에 대해 다음과 같이 평가한 바 있다.

최명익 씨의 『마천령』은 일제경찰에게 체포되어 취조를 받는 춘돌이의 회상 형식을 통하여 '일본제국주의타도' '토지는 농민에게로'라는 행동 강령을 갖고 투쟁해온 성진 농민운동의 일 단면을 표현하였다.

이 농민운동이 봉기된 것은 멀지않은 북방에서는 이미 김일성 빨치산 부대가 백두산 높이 봉화를 들어 국내 운동에 광명을 보내주던 때인 것이며 일방 피흘린 선열들이 뿌린 혁명의 씨는 수많은 농민대중 속에 뿌리깊이 자라고 있던 때이며 이러한 사회적 특성들과 분리해서 생각할 수 없는 이 농민운동은 그러기 때문에만 결코 성진만의 고립된 투쟁이었던 것이 아니라 길주 명천을 비롯하여 그당시 함남북 각지에서 일어났던 반농민폭동과 유기적 연계를 가지며 또는 광범히 호응하여 일어났던 것이다. 이러한 전체 운동의 일환으로서의 성진농민투쟁의 일단면을 춘돌이의 회상 형식으로 전달하고 있는『마천령』은 '땅굴'을 활동의 근거지로 하여 광범한 빈농의 지반과 모뿔 조직의 유기적 연계를 강화하여 기관지발행 선진조직사업 등을 전개할 뿐만이 아니라 반 백색테러의 조직계획에로까지 발전하는 이야기를 춘돌이 허국봉 옥녀 등의 인물 형상을 통하여 우리에게 보여준다.

그리고 이 작품은 취조의 장면을 중심으로 춘돌이와 허국봉이를 대조시킴으로써 인테리 출신인 춘돌이의 내성성과 노동자 출신인 허국봉의 보담 강인한 혁명성을 부조해 줄 뿐만이 아니라 허국봉이의 씩씩한 영향 밑에 춘돌이 역시 자기 성장 과정에로 들어가는 세계를 예술적 진실성으로서 묘사하였다.

그러나 이 작품은 투사들의 혁명적 실천을 직접적 행동에서 그린 것이 아니라 경찰서에서의 취조 장면을 전면으로 하려 그것은 하나의 회상적인 형식으로 처리하고 있다는 점과 또 그것을 회상하는 춘돌이 그 자체가 인테리 출신의 유약성으로 말미암아 외부적 실천 활동에는 전연 관계하지 않고 하루 종일 땅굴 속에만 앉아 편집 선전문 작성 등사 등의 내부공작에만 복무하던 남다른 공작의 제한성으로 말미암아 그의 회상 범위에서 전개되어지는 사실들도 역시 구체적인 투쟁 내용을 폭에 있어서나 질에 있어서나 미약하게밖에는 전하고 있지 못하다. 또 취조를 받는 긴박된 시간에 창문을 통하여 동해를 내다보며 기다란 회상에 잠기며 심지어는 옥녀에 대한 한때의 연애감정까지를 회상하고 있다는 것은 지내 작위적인 감을 주는 난점들을 보여준다.[68]

이와 같은 안함광의 평가의 요점은 인민의 자발성에 의한 투쟁과, 그 투쟁에 공명하는 인텔리 출신의 인물의 변화는 '예술적 진실성'이 있으나, 여전히 인텔리 출신의 유약성을 넘어서지 못했다는 데 있다. 이와 같은 비판은 "최명익은 부르주아의 잔재를 완전히 벗어나지 못한 자연주의자"라는 비판보다 약한 것이나, 두고두고 최명익을 괴롭혔던 것으로 보인다. 후일 그가 작품활동을 중단했던 것도 이러한 비판의 악영향이 매우 컸던 것으로 짐작된다.

1947년 초에 들어서면서 최명익은 이른바 '응향'사건에 관여하게 된다. 이 '응향'사건은 북한에서 공식적으로 문제시된 최초의 필화사건으로, 1946년 말 문예총 원산지부——

지부장은 박경수로서 공산당원이었다──가 간행한 시집 『응향』의 사상적 경향이 문제시되면서 시작된 것이다.

시집 『응향』은 화가 이중섭이 뛰어노는 어린이들의 모습을 그린 그림을 표지에 싣고, 당시 원산에서 활동하던 유명·무명 시인들의 시를 모은 것인데, 이에 대해 1947년 1월 초 문예총 상임위원회의 규탄 결정서가 발표되면서 혹독한 비판을 받았다. 이 과정에서 강홍운·서창훈·이종민·구상 등의 작품이 주요한 비판의 대상이 되었다. 그 결정서의 내용은 『응향』이 회의적·공상적·유폐적·현실도피적·절망적 경향을 지녔으며, 일제 악정에서 벗어나 전인민이 진보적 민주주의에 힘쓰는 시점에 현실 인식이 매우 부족함을 지적하는 것이었다. 그리고 앞으로 이러한 문제를 막기 위해 산하 단체에 대한 지도가 필요하며, 발매 금지, 검열원 파견, 『응향』 편집 과정 조사, 자아비판, 사상검계 등의 조치를 할 것을 주문하고 있다.[69] 당시 문예총 상임위원이었던 최명익은 『응향』의 편집 과정 등에 대한 조사를 수행하기 위하여 김사량·김이석·송영 등과 함께 원산으로 파견되었다.

'응향' 사건은 문학가동맹의 기관지 『문학』에 그 결정서가 게재되면서 남한에도 알려졌고, 그 사건을 계기로 시인 구상이 월남하기도 하였다. 그러나 무엇보다 북한 내에서는 당 조직과 계급성을 내세운 문학이 아니면 존재할 수 없다는 것을 문인들이 명확하게 인식하는 계기가 되었다. 그리고 그 과정에서 문예총이 지니는 지도적 위상도 문인들에게 각인되었다.

1947년에 들어와 최명익은 그동안 썼던 작품들을 모아 단편집 『맥령』을 문화전선사에서 출간한다. 이 소설집에는 「맥령」과 「마천령」 외에 「담배 한 대」, 「무대 뒤」 등의 작품이 실렸다. 이와 함께 남한의 을유문화사에서 일제하의 작품을 모아 『장삼이사』를 출간하였다. 여기에는 「비오는 길」, 「무성격자」, 「역설」, 「봄과 신작로」, 「폐어인」, 「심문」, 「장삼이사」 등 해방 이전에 쓴 작품들이 실렸다. 남북한에서 각각 발간된 이 두 권의 소설집은 그동안 이루어졌던 최명익 소설을 일차적으로 결산하는 것이었다.

그러나 이와 같은 실질적 전향과 뚜렷한 작품활동에도 불구하고, 최명익의 문단활동은 쉽지 않았다. 이는 1947년 12월에 문예총의 기관지 『문학예술』에 발표한 장편 「기계」를 둘러싼 갈등에서도 드러난다. 이에 대해 박남수는 다음과 같이 회고한 바 있다.

최명익은 과거 심리주의적인 작품을 써온 자로 「심문」, 「장삼이사」 등으로 그 역량이 알려진 바라 구 카프파는 최명익도 가장 싫어하는 작가의 한 사람이다.

그러기 때문에 문단 초창기부터 그 압박은 말할 수 없이 심하였다. 더욱이 평문협의 회장이었고 그의 작품「심문」에는 옛날 좌익 운동자의 말로를 아편중독자로 그린 일이 있었기 때문에 그를 여러 번 반동으로 몰려고 한 일이 있다. 그러나 최명익은 해방 후에도 그런 사실은 알고도 모르는 척하고「맥령」등의 작품을 써놓았다.

그 역량을 어쩔 수 없이 그를 처단까지는 하지 못하면서도 갖은 수단으로 그를 깎아내리었다.

그 한 예로 최명익은 처음으로 장편소설『기계』에 손을 대었다. 그 제 일회가『문학예술』에 연재되기 시작하고 제 이회가『문화전선사』에 수교되었는데 이 원고가 분실되었다. 이로 하여 몇몇 명이 의심을 받고 하였으나 종내 그 원고는 나타나지 않았다. 이것도 구카프파의 작난일 것이다. 이로 하여 최명익이『기계』를 중단하고 만 것이다.

그 후로도 그의 작품이라면 좇아다니며 혹평을 쓰기에 열심인 안함광 · 한효 · 엄호석 · 홍순철 등이 있었으나 그는 태연자약히 작품을 내놓았다.

이 작가가 나중에 공산주의자들과 강계방면(강서의 착오로 추측됨—인용자)으로 가버린 것은 그가 도대의원(도의원)을 지낸 경력을 (비판자들이—인용자) 두려워한 때문이리라.[70]

위의 인용문이 박남수의 주관적 관점에 의해 각색된 것이라 해도, 최명익이 과거 모더니즘 작품을 썼던 전력으로 인해 항상 의심스러운 눈초리의 대상이 되었던 것은 사실인 것으로 보인다. 그가 최초로 시도한 장편소설인 『기계』는 박남수의 회고대로 2회만 연재되고 중단되고 말았는데, 거기에는 원고 분실 또는 훼절 사건이 개입되어 있었다.

이러한 사정으로 결국 미완으로 끝나고 만 『기계』는 해방 이후 최명익의 소설 가운데 처음으로 지식인이 사라지고 농민—이후 노동자가 되는—이 주인공으로서 전면에 등장한 작품이었다. 최명익은 이 작품을 통해서 아마도 농민의 민중적 의식을 드러내면서 노동계급성의 범주와 연결시키려고 했던 것으로 보인다. 그런 까닭에 이 작품에는 민중의 자발적 의식성이 전면에 나섰을 뿐, 당의 영도성이 현저히 결락되어 있었다. 이는 당시 김일성의 교시를 구체화하여 성립된 교조적인 문예지도 이론이었던 '고상한 리얼리즘'과는 상당한 거리가 있는 것이었다.

장편소설 『기계』의 연재가 중단된 이후, 최명익은 미소공동위원회가 마지막으로 남북통일을 위한 공동선거를 논의하지만 실제로는 협상 결렬을 향해 나아가고 있던 1948년에 「남향집」과 「제일호」를 발표한다.

이 가운데 「남향집」은 38선 인근의 북쪽 마을을 배경으로,

토지개혁이 가져온 농민의식과 생활의 변화를 드러낸 작품이다. 여기서 농민들은 새로운 세상을 열어갈 집단적인 주체로 그려진다. 그러나 이 작품에서 또 다른 주제는 남북한 농민의 연대를 통한 통일국가에 대한 희망을 드러내는 데 있다. 남북으로 38선을 맞댄 두 마을의 농민들이 물 문제를 공동으로 해결하는 과정이 그것이다.

그리고 「제일호」는 북한과 소련 간의 우호관계를 트랙터 엔진 기술을 전수받는 과정을 통해 그려낸 작품이다. 일본이 두고 간 비행기 공장을 변경하여 자동차 공장으로 만든 곳이 배경인데, 트랙터 엔진의 실린더를 만드는 난관을 소련 기술자의 도움을 통해 해결한다는 것이 기본적 줄거리지만, 공장의 노동자와 기술자들이 합심하여 소련의 실린더와는 다른 독자적인 실린더를 만들어낸다는 결말은 최명익의 사상적 입지점을 암시해준다. 그것은 노동계급의 자발성을 통한 새로운 사회 건설이 가장 중요하다는 것이다. 외부세력인 소련도, 그리고 김일성으로 대표되는 당 조직의 영도도 노동계급 스스로의 자발성에는 그 중요성이 못 미치는 부차적인 것이 되는 것이다. 이러한 최명익의 사상적 입지점이 모범적인 인간형을 내세우는 고상한 리얼리즘론자들에게 비판받은 것은 어쩔 수 없는 일이었다.

작가 최명익은 그의 단편 「제일호」에서 있는 그대로의 사실을 추구한다는 구실로써 인물을 주인공으로 삼는 대신에 기계를 주인공으로 삼았다. 최명익은 이 작품에서 자기의 인물들과 주제를 전형성으로 이끌고 간 것이 아니라 그것을 사소하고 부분적인 것에 얽어매고 거기에 더 많은 주의를 돌리었다. 이와 같이 역도된 방법에 입각한 자연스러움과 진실성의 추구는 사실상 평범한 것, 일상적인 것을 어떤 비상한 것, 우연적인 것으로 전변시키는 결과를 가져왔다.

　자연주의자들에 의한 전형성의 거부는 소위 묘사의 '객관성' '사실성' '사진성'들과 직접 연결되며 따라서 그것은 그 본질에 있어서 주관적 외면적인 가식으로 되며 또 그 구성에 있어서 묘사되는 것에 대한 자의적인 해석으로 되지 않을 수 없다. 바로 그렇기 때문에 자연주의적 객관주의가 주관주의에 불과하다고 말하는 것은 완전히 타당한 것이다.[71]

　한효의 이러한 비판에서 주요한 근거인 전형성은 여기서 구체적으로 김일성을 가리킨다고 할 것이다. 곧 김일성은 고상한 리얼리즘이 추구하는 이상적이고 모범적인 인간상의 전형이었으며, 노동계급을 이끌고 영도하는 존재로 간주되었던 것이다. 그럴 때 한효는 최명익의 「제일호」를 비롯한 작품에서 나타나는 노동계급의 자발성에 대한 의미 부여를, 영도성이 부족함으로 바라보고 위와 같이 비판한 것이라 할 수 있다.

이 지점에서 다시금 주목되는 것은 최명익의 톨스토이에 대한 관점이다. 앞 장에서 살핀 것처럼 이 글은 분명 일제하의 자신의 문학이 도스토예프스키적인 고뇌에 빠져 있던 것을 반성하는 내용으로 되어 있다. 분명 이처럼 톨스토이를 도스토예프스키보다 높게 평가하는 것은 최명익의 개인적 견해만은 아니다. 무엇보다도 스탈린주의하의 소련에서부터 톨스토이는 도스토예프스키보다 우월한 작가로 자리매김되었던 것이며,[72] 그 영향을 받고 해방 후의 북한에서도 동일한 평가가 이루어졌던 것이다. 그러나 다음 인용문에서 보듯이 최명익은 톨스토이와 도스토예프스키에 대해 독특한 관점을 보여준다.

톨스토이 자신 그 얼마나 많이 복잡한 심리적 고통의 무거운 짐에 눌리어서 고민하고 있는 인간들을 형상했던가로써 알 수 있다. (……)

그러나 그들은 결코 자기들의 고민을 어루만지는 솜씨로 차차 더 크게 빚어올리고 있었던 것은 아니었다. 그들은 고민 가운데서 인생의 보람을 찾기에 진지한 노력을 하는 사람들이었다. 그들의 노력은 대체로 성공한다. 문제가 해결되어 이때까지 그들에게 덮어씌우던 고민의 험한 물결은 가라앉아서 고통이 그들의 생활을 더는 점령하지 못한다. 그렇다고 이러한 해결이 결코 가볍게, 수월하게 처리되는 것은 아니다. (……)

이러한 선생의 작품은 작중 인물들로 하여금 비록 그들이 한때 인생의 위기에 서게 되는 때라도 복잡 혼란한 회의의 구렁텅이로 굴러들어가지 않고 자기 생의 보람을 찾아서 나아갈 길을 탐구하는 의지의 사람으로 되게 하는 것이다. 사람의 심리란 도스토예프스키의 문학이 창조한 인물들의 그것과 같이 결코 그렇게 복잡한 것이 아니라고 한 톨스토이의 말뜻은 바로 여기에 있는 것이다.[73]

최명익은, 도스토예프스키가 소-부르주아적인 고뇌를 드러냈기 때문에 농민의 관점을 취한 톨스토이가 우월한 것이 아니라, 톨스토이는 "작중 인물들로 하여금 비록 그들이 한때 인생의 위기에 서게 되는 때라도 복잡 혼란한 회의의 구렁텅이로 굴러들어가지 않고 자기 생의 보람을 찾아서 나아갈 길을 탐구하는 의지의 사람으로 되게 하"기 때문에 우월하다고 본다. 곧 최명익은 톨스토이 작품의 인물들에서 자발성을 통한 의지를 보았던 것이다. 이는 앞에서 말한 것처럼 노동계급이나 농민의 민중적 자발성을 높이 평가하는 최명익의 태도와 연관되어 있다.

이후 최명익은 1948년 「공둥풀」을 한 편 더 쓴 외에 1951년 5월까지 작품을 더 이상 발표하지 않는다. 이는 작가에게 일종의 과업 형태로 의무적 창작을 요구하는 당시 문단의 특성상, 더욱이 문예총의 상임위원이자 평남지부장이었던 그의 위치상 이해되기 어려운 일이다. 이렇게 작품을 발표하지 않으면서 최명익은 무엇을 하고 지냈을까. 아마도 이 대목에서는 박남수의 견해가 맞을 것으로 생각된다.[74] 1948년 9월 정식으로 조선인민민주주의공화국이 출범하고, 문예에서도 고상한 리얼리즘론[75]이 논자마다 편차는 있지만 점점 더 교조적으로 되어가던 때였다. 그럴 때 최명익은 그의 전력 때문에 종종 비판을 받게 되자, 공식적인 문예총 활동을 포기하고 강서군으로 갔던 것으로 생각된다. 그러나 그가 숙청되지 않은 것은, 인민위원으로 선출된 경력과, 「맥령」 이후 「공둥풀」에 이르기까지 일정한 수준 이상으로 토지개혁과 건국사상총동원운동을 비롯한 당정책에 적극 호응하는 작품을 썼던 때문이라 할 것이다.

1950년 6월 25일 한국전쟁이 발발했을 때, 최명익의 유일한 아들 최항백은 인민군 군관으로 전쟁에 참가한다. 이때 최명익은 1952년 초에 아들을 그리면서 다음과 같은 편지를 쓴다.

항백아!

네 소식을 기다려온 지 오래다. 조국해방전쟁이 시작되자 곧 입대했던 네가 그동안 군관학교에서 공부했다면서 잠시 집에 들렀던 것이 그해(50년) 8월 하순이었다. 아직 잔작한 한 대학생이었던 네가 금색 견장이 찬란한 군관복 차림으로 문득 우리 앞에 나타났을 때 나와 네 어머니는 얼마나 대견했던지! (……)

항백아! 그동안 너는 용감히 싸웠느냐? 네가 어데 있는지는 모르나 지금도 용감히 싸울 것을 믿고 바라는 네 아비와 어머니가 여기 있다. (……)

그토록 네 어머니가, 하나뿐인 네게 다심한 것은 어쩔 수 없는 일이 아니냐! 그러나 안심하라. 네 어머니는 맹목적으로 애정에 지고 마는 어머니가 아니다. 지금의 네 어머니는 너를 두고 '그것이…!' 하는 투의 걱정을 하지 않는다. (……)

내 비록 후방에 있으나 붓을 총으로 삼아 전선의 너와 함께 싸울 것을 네게 맹세하며 이만 그친다.[76)]

공식적인 편지인 만큼, 아들에게 열심히 싸울 것을 독려하고 있는 이 편지에서도, 전쟁에 참가한 아들을 둔 남과 북의 여느 부모들처럼 최명익과 그의 아내가 독자인 아들의 안부를 얼마나 걱정하는지 잘 나타나 있다. 그러나 최항백은 최명익의 바람과 달리 한국전쟁에서 결국 전사하고 만다. 그리고 아내 역시 그 충격으로 종전을 보지 못하고 급사한다. 연합군이 평양을 점령했을 때 청천강 너머까지 피신하는 과정에서도 살아남았던 아내가 죽었을 때, 이미 아들의 죽음을 겪은 최명익의 아픔은 너무도 컸을 것이라 짐작할 수 있다.

전쟁이 지속되는 동안 최명익은 그동안의 침묵을 깨고, 1951년에 「기관사」, 「조국의 목소리」를, 1952년에 「영웅 한남수」, 「운전수 길보의 전투」 등을 발표한다. 이 「기관사」에 대해 안함광과 엄호석은 서로 상반된 평가를 드러낸 바 있다.

최명익 씨는 단편 「기관사」에서 주인공 현준의 형상을 통하여 인민의 불패성을 감명 깊게 전달하였다. 이 작품은 주인공 현준이가 놈들의 군수물자를 만재한 기차를 운전하다가 계획대로 다리 밑에로 추락시키는 스릴 있는 사건을 취급하였다. 적의 임시적 강점지구에 있어 놈들에게 붙잡힌 현준이가 어떻게 하여 자기의 본색을 감추며 놈들의 계획을 역이용함으로써 자기의 생명을 바쳐 적의 수송열차를 추락시키는 영웅성을 발휘케 하였는가? 그것은 두말할것도 없어 그 자신이 그를 조국의 필요불가결의 일부분으로 깊이 인식하고 있었으며 조국에서 발전장성해 가고 있는 가장 아름답고 가치 있는 것의 수로를 위하여는 죽음을 두려워하지 않는 고귀한 정신이 모든 어려움을 타승할 수 있는 힘을 그에게 주었기 때문이다.[77]

또 최명익은 「기관사」에서 후퇴 기간의 우리 기관사의 투쟁을 묘사하였으나 그것은 적의 기차를 다리에서 전복한 사건에서 우리 노동자들의 영웅적 면모를 드러내기 위하여서가 아니라 그의 자연주의적 지향에 알맞은 어떤 특이한 엽기적 취미에 만족을 느꼈기 때문이다. 이리하여 그는 주인공의 영웅적 행위에서 아름다운 것을 볼 수 없었으며 따라서 애국과 존경을 느끼지 못하고 아주 냉랭하게 객관주의적으로 묘사하였기 때문에 주인공은 보잘것없는 창백한 형상으로 비속화되었다.[78]

안함광의 경우, 인민의 자발성을 기초로 한 영웅으로의 승화를 긍정적으로 보지만, 엄호석은 작가의 묘사 방법을 문제삼고 있다. 인텔리적 · 자연주의적 · 부르주아적이라는 것은 최명익이 종종 들을 수밖에 없었던 북한 평단의 비판이었던 것이다. 전쟁 직후 실질적인 패전의 책임을 묻는 과정에서 최명익 역시 비판의 물결에 휩쓸리게 된다. 다음 글은 최명익이 당했던 비판 가운데 하나이다.

우리는 작가 최명익에게는 아직도 부르주아 인텔리겐차의 잔재가 농후하다고 인정하지 않을 수 없다. 그리고 그 사상적 토대가 일조일석에 이루어지지 않은 것처럼 그의 청산도 단시일에 될 수 없다는 것을 느끼지 않을 수 없다. 그의 머리에 깊이 물젖은 부르주아 이데올로기적 잔재가 머리를 들고 일어서고 있다는 것을 「마천령」 및 그밖에 많은 작품들이 이야기하여 주고 있다.[79]

이러한 비판을 받으면서 최명익은 작가로서 활동할 권한을 거의 잃어버리게 된다. 아들을 잃었음에도 불구하고 작가 대열에서 제외되어 그는 상당한 고난을 겪었던 것이다. 1953년부터 1956년까지 3년이 넘는 기간 동안 최명익은 실질적으로 아무 작품도 발표하지 못한다.

그러나 그는 이러한 와중에서도 공산주의 사상 자체에 대해서는 본질적인 회의는 품지 않았던 것으로 보인다. 1956년 그가 발표한 역사소설 『서산대사』는 그의 사상적인 입지점을 잘 보여주는 작품이다.

　『서산대사』는 임진왜란 당시 평양의 보통벌 싸움을 그려
낸 소설이다. 최명익이 왜 역사소설로 달려갔을까. 아마도
최명익으로서는 자신이 살던 당대의 문제를 계속 다루는 한
비판의 문제로부터 자유롭지 않다고 생각한 듯하다. 그럴 때
최명익이 일찍이 배운 한문은 역사 자료들을 섭렵하는 데 큰
도움을 주었을 것이다.

　이전 작품과 비교할 때 『서산대사』의 가장 큰 차이점은,
기층 민중의 자발성과 그것을 영도하는 지도자가 같이 제시
된다는 점이다. 그 지도자 또는 영도자는 이 작품의 표제인
서산대사이다. 민중을 이해하면서도 그들의 모자란 점을 보
충해주고 강점을 북돋아주며, 탁월한 전술전략으로 왜군과
의 전투를 승리로 이끄는 서산대사의 형상은 아마도 최명익
이 생각할 수 있었던 최고 형태의 영도자였을 것이다. 이 『서
산대사』는 발간되자마자 북한 문예의 한 모범으로 칭송받았
으며, 큰 인기를 끌었던 것으로 전해진다. 다음은 『서산대
사』에 대해 당시에 이루어졌던 비평의 하나이다.

　　최명익의 『서산대사』는 사회주의적 사실주의 창작 방법
　에 의하여 창작된 몇 편 안되는 역사소설 중의 하나이다.
　작가는 능숙한 필치로써 우리 선조들의 피 속에 맥맥히 흐

르고 있는 애국심을 격조 높이 형상하고 있다. 그리고 이 작품은 또한 어떤 특출한 한 두 사람의 힘에 의하여 우리의 국난을 물리치는 것이 아니라 군중적 힘에 의하여 인민들의 집체적 창발력에 의하여 외적을 물리쳤다는 역사적 사실을 예술적으로 형상화하였다. 특히 그것은 평양 시민들의 애국적 형상을 그들의 독특한 민족적 생활 풍습 속에서 생동하고 친밀성 있게 보여주는 점에서도 나타난다. 『서산대사』는 어디까지나 애국적 군상을 창조하려고 노력하였다. 그러면서도 전주복이나 법근이 같은 인물들의 개성적 성격을 아주 뚜렷하게 부각시키고 있다. 장편 『서산대사』는 조국 통일의 염원에 불타는 전체 조선 인민들을 미제 침략자들을 증오하는 적개심으로 요양하며, 평화적 조국 통일의 담보로 되는 공화국 북반부에서의 사회주의 건설의 눈부신 투쟁에로 고무하고 있다.[80]

1957년 최명익은 『서산대사』를 쓴 공로를 인정받아 항일 무장투쟁 참가자들의 회상기 집필에 참여했으며, 1950년대 후반에는 평양문학대학에서 학생들을 가르치기도 한 것으로 알려져 있다. 이때 학생들을 가르치면서 중요하게 생각했던 사항들을 정리한 것이 「소설 창작에서의 나의 고심」, 「창작에 관한 수필」, 「창작에 대한 단상」 등의 수필이다. 이 수필들에는 어휘력과 문장력 등 이념성 외에 작가 지망생들에게 반드시 필요한 기본적인 수련 사항들이 정리되어 있다.

그리고 이해에 최명익은 소련 여행을 한다. 그리고 소련의 야스나야 폴랴냐에 있는 톨스토이 박물관을 들렀던 경험을 적은 기행문 「야스나야 쁠랴냐로 가는 길」[81]을 발표한다. 이 글에서 최명익은 북한문학에 미친 소련의 당정책과 문예정책의 영향을 인정하면서도, 북한이 독자적이고도 주체적인 문학적·역사적 정통성을 세우기 위해 노력했다는 것을 역설한다.

1961년 최명익은 임오군란을 민중적 관점에서 다룬 장편 역사소설 『임오년의 서울』을 발표하였으며, 1962년에는 「섬월이」, 「음악가 김성기」, 「학자의 염원」 등의 소설을 발표한다. 이 가운데 『임오년의 서울』은 역시 민중적인 자발성에 기초를 둔 영웅적 인물──그러나 평범한 백성들이다──들이 벌이는 반(反)봉건투쟁을 그려낸 작품이며, 「섬월이」는 임오군란 이후 매국노가 판을 치는 1905년 무렵의 비참하고 한심한 역사적 상황에 비분강개하여 자연발생적으로 항거하는 요릿집 하녀를 그려낸 작품이다. 이 두 작품은 『임오년의 서울』이라는 제목으로 한데 묶여 1963년 조선문학예술총동맹출판사에서 단행본으로 출간되었다.

1964년 최명익은 1957년 이후 쓴 수필을 한데 묶어 『글에 대한 생각』이라는 수필집을 역시 조선문학예술총동맹출판사에서 간행한다. 이 시기 최명익의 생각은 다음 글에서 잘 나타난다.

나는 당의 작가다. 우선 우리 당은 이 변변치 못한 나에게도 내가 얼마든지 창작에 정진할 수 있도록 모든 조건을 보장해 주셨다. 내가 안하면이거니와 내가 하려고만 하면 조건이 좋지 못해서 못한달 것은 하나도 없다.[82)

위의 인용문에는 최명익이 얼마나 비판에 시달렸는지가 역설적으로 드러난다. 그는 글쓰기가 얼마만큼 잘 되었는지 자신이 없다고 몇 번이고 강조한 뒤, 위의 구절을 덧붙이고 있다. 그러나 『서산대사』 이후 역사소설을 쓰면서 여건이 좋아졌으며, 당에서도 관심을 기울여준 것에 대한 소극적인 만족감이 드러나 있다.

그밖에 최명익의 필명이 마지막으로 나타나는 것은 1967년 3월 『청년문학』에 발표한 수필 「실천을 통한 어휘 공부」이다. 그 이후로 최명익의 행적은 나타나지 않으며, 그 때문에 최명익의 몰년도 아직 제대로 밝혀지지 않았다. 다만 이와 관련하여 최근 하나의 증언이 있어 주목된다.

조상대대로 내려온 넓은 땅이 있은 죄로 문단에서 쫓겨나 산골 농장원으로 하락한, 나중엔 윗방 대들보에 자신이 밤새 꼰 새끼로 목을 매고 자결한, 장편대하소설 "서산대사"의 저자이고, 8·15 해방 전후 북한 최고의 소설작가였던 유방 최명익 등 일제잔재 청산의 명목으로 스러져 간 애달픈 영혼들의 얼굴이 주마등처럼 떠오르는 것이었다.[83]

이 증언에 따르면 최명익은 1960년대 말에서 1970년대 초로 추정되는 기간에 부르주아였던 전력이 결국 문제시되어 숙청되었고, 자살로 생을 마감한 것이 된다. 그러나 이에 대한 사실 여부의 확인과 몰년의 구체적인 시일 확인에는 앞으로 상당한 시간이 걸릴 것으로 생각된다.

한편 최명익의 복권은 1984년에 이루어졌다. 김정일은 이해에 최명익의 유고작인 『이조망국사』를 완성하도록 조치하였고, 1993년에는 『서산대사』와 『임오년의 서울』을 다시 출판하도록 허락했다고 한다. 김정일의 주체문예사상을 소개한 책들에서 박태원의 『갑오농민전쟁』과 함께 최명익의 『서산대사』가 북한을 대표하는 역사소설로 거의 매번 언급되는 것을 보면, 현재에는 완전히 복권된 것으로 보인다.

해방 이후 시기의 작품세계

「맥령」—자기반성과 능동적 민중상의 발견

1947년 발간된 최명익의 소설집 『맥령』의 표제작인 「맥령」은 일종의 자전적 소설로서 두 가지 성격을 지니고 있다. 그 하나는 일제하 자신의 문학에 대한 반성이며, 다른 하나는 북한사회의 주요한 변화였던 토지개혁을 계기로 농민으로 대표된 민중상을 새롭게 발견한다는 것이다. 그러나 여기서 주의할 것은 일제하 자신의 문학에 대한 반성이 이루어진다고 해서 「맥령」이 지식인의 내면적인 고뇌를 드러내는 것은 결코 아니라는 점이다. 작품 전반부에 주인공인 상진의 생각이 제시되기는 하지만 그것은 일제의 압박에 대한 피동적인 것일 뿐, 현실과 능동적으로 충돌하는 지식인의 내면심리라고는 할 수 없다. 이제 이 점을 바탕으로 「맥령」을 살펴보기로 한다.

「맥령」에서 평양에 있는 중학교에서 영어를 가르치는 교원으로 지내던 상진은 1944년 봄 무렵 학교를 그만두고 집을 팔아서 3년을 버틸 요량으로 K군으로 소개해 나오게 된다. 사실 "소개가 아니더라도 어차피 도회살림을 할 수 없게 된" 때문으로 제시되기는 하지만, 실질적으로는 소개였다는 것은 K군 S면으로 소개해 나온 이후에도 지속적으로 일제의 감시와 압박에 시달리는 것을 보면 알 수 있다. 그럴 때 상진의 바람은 "어떻게 하면 이 난세를 욕되지 않게 넘길까" 하는 것뿐이다.

도로 찾아올 것도 없이 그냥 버려도 아깝지 않은 책들이지만 노상 크게 알고 압수했다 내주는 것이라 그자들 앞에서는 이편도 아주 소중한 체 묶어 가지고 나올밖에 없었다. 『우수의 철학』, 『우울증의 해부』, 『비극의 철학』, 『악의 화』 등등 이런 것들이 응당 금서일 리는 없지만 우선 그 건전치 못한 세기말적 표제에 놈들은 놀랐고 다음은 절박한 이 시국과는 하도 동떨어진 것이므로 오히려 어떤 迷彩나 같이 의심하고 압수하는 눈치였다. (……) 지금도 아직 그렇게 (관헌의—인용자) 지목을 받는 중이라 방 안에 책 한 권도 없는 것이 오히려 부자연하고 혹시 이번 경우와 같은 때 어떤 책을 어디다 감추었는가 의심받을 염려도 없지 않아 허울로나마 몇 권 책을 늘어놓았던 것이다.

　조선말 책은 물론 붉은 글자 붉은 표지까지 꺼려가며 골라 내놓는 수십 권 중에 젊은 시절의 창백하고 말쑥한 우울의 자취로 남은 이 책들은 지금은 내출혈적으로 속 깊이 멍들고 찌든 그의 우수를 가리기 위한 미채로 가장 눈에 뜨이게 진열했던 것이다.[84]

　위의 인용문은 최명익이 일제하 자신의 문학을 어떻게 바라보고 있었는지 암시하고 있다. '우수', '우울증', '비극' 등 상진이 일제의 검색을 피할 요량으로 내놓은 책들의 이름은 "젊은 시절의 창백하고 말쑥한 우울의 자취"였던 그의 초기 소설의 특징을 상징한다. 그러나 여기서 주의할 것은 이 우울이 바로 그 다음에 제시되는 "지금은 내출혈적으로 속 깊이 멍들고 찌든 우수"와 같은 것은 결코 아니라는 점이다.

　그렇다면 이 '우수'는 어디에서 온 것인가. 그것은 절박한 시대상황에 맞서지도 못한 채 단지 일제의 압박을 피할 수 있기만을 바라는 자신의 무력함에 대한 우수이다. 곧 이 부분에서 최명익은 자신이 초기작에서 보여준 우울이란, 비록 '창백하고 말쑥한' 것이라 할지라도 그것으로 일제 말기의 현실을 이겨내기에는 너무도 턱없는 것이었음을, 그리하여 일제 말기의 현실에 대한 무력함에서 비롯한 또 다른 우수를 가리기 위한 껍데기로서만 의미가 있게 되었음을 고백하고 있다. 그리하여 일제하 최명익 소설의 가장 큰 특징이었던 모더니즘적인 우울, 달리 말해 도스토예프스키적인 고뇌는 이제 한갓 일제 말기의 압박과 검색으로부터 도피하는 껍데기('미채') 같은 수단으로만 의미가 있을 뿐이라는 것에 위 인용문의 숨은 의미가 있는 것이다.

이처럼 시대에 대응할 수 없다는 무력감에 의한 고뇌 속에서 최명익은 주위의 민중을 다시 보게 된다. 소설 속으로 다시 돌아가면, 상진은 쩜손이영감과 그의 아들 인갑이, 춘식이 등 주위의 농민들과 접촉하게 된다. 이들은 상진에게 전연 새로운 세계로 다가온다.

"정말 이 아즈바니처럼 일에 탐센 건 없드라니…… 전 그렇드래두 남의 생각두 좀 하야디……"

하며 늙은이 코 앞에 손가락을 흔들어 보인다.

"흐흐흐 일에 들어서두 사정이 있는가베."(……)

춘식이는 그때도 그 극성스러운 말투로 이야기를 시작하였다.

"좌우간 이 아즈바니가 저 암만 일을 잘하문 뭘 하갔소. 그렇게 알뜰살뜰히 다루던 텃물받이는 사태에 쓸어버리구 말았디. 늙마에 당나무같이 믿던 외아들(인갑이―인용자)

은 딩병(징병) 나가게 됐으니 살아오야 오나 부타 하게 됐
디. (……) 그러니 이 녕감의 팔자같이 더러운 것이 어디
있갔소."

하고는 어이없이 껄껄 웃는 것이었다. 진정인즉 제가 소
개한 죔손이 영감이 일손이 좋은 것을 자랑하기 위한 말로
시작하여 그의 딱한 신세를 동정해 하는 말이지만 남의 아
픈 상처를 어루만지기에는 그들의 손이 너무 거친 것처럼
그의 말도 이런 투로 거칠어서 얼른 들으면 독담 같기도
하였다.[85]

상진에게 농민들의 세계를 표상하는 인물은 죔손이영감이
다. 상진의 집에 초가를 이어주러 온 죔손이영감은 위의 인
용에서 보는 것처럼 농사 일이라면 극성스러울 정도로 성심
을 다하는 인물이면서 동시에 자신의 그러한 삶에 긍지를 느
끼는 인물이다. 그의 투박하면서도 진실한 품성은 겉으로 듣
기에는 독담 같은 "퉁명스럽고도 거친 말——실은 그것은 춘
식이의 인정미가 역설적으로 드러나는 말이다——에 오히려
울어야 할 일도 웃어버리"면서 맞장구를 치는 데서 잘 드러
난다.

이러한 거친 삶의 생생한 세계를 상진은 접하면서 그동안
의 생각과는 달리 농민들도 자의식이 있고 고통이 있으며 무

엇보다 소망을 가진, 지식인과 다름없는 인간이라는 사실을 받아들이게 된다. 그런 점에서 쥠손이영감으로 표상된 농민들은 최명익이 일제 말기 때 쓴 마지막 작품인 「장삼이사」의 민중과 맥이 닿아 있다고 할 것이다. 그 작품에서 지식인으로서 '나'가 자신의 생각과 욕망을 기초로 민중들의 반응을 예단하지만 한 번도 제대로 맞힐 수 없었을 만큼 민중들은 그 자체의 삶의 방식을 가지고 살고 있다는 생각을, 「맥령」의 상진도 품게 되는 것이다. 그렇지만 쥠손이영감의 삶은 춘식이의 말대로 그의 노력과 달리 점점 더 곤란한 지경에 처하게 된다. 애써 짓던 소작논이 홍수 사태에 휩쓸려버렸던 것이다. 이와 같은 상황에서 쥠손이영감은 소작하던 '텃물받이 논'을 되살리기 위해 지주를 찾아가기도 하지만 오히려 거절만 당하고 만다.

　하지만 쥠손이영감을 비롯한 농민들에게 다가오는 시련은 홍수 같은 자연재해뿐만이 아니다. 그것은 일제에 의한 농민들에 대한 공출과 징용의 압박에서 단적으로 드러난다. 상진과 비교해본다면, 상진은 비록 일제의 검색에 대한 정신적 압박은 느끼고 있을지언정, 쥠손이영감 같은 농민처럼 생존이 걸린 압박을 받고 있지는 않았다. 물론 상진도 치솟는 물가로 말미암아 K군으로 소개해 나올 때 가져온 금전이 바닥날 지경에 처해 있지만, 그것은 농민들처럼 강제로 빼앗긴

것은 아니었던 것이다. 이후 쬠손이영감이 "자기가 가진 유일하게 귀한 것"인 아들 인갑이를 일제에 빼앗기는 것——징용——까지 본다면, 쬠손이영감으로 표상된 농민들은, 자연재해와 봉건적인 소작관계, 그리고 제국주의적인 일제에 의해 완전히 사면초가에 몰리게 된 것이라고 할 수 있다.

"이번 일은 우리만이 아니야요. 이 근경에 그렇게 해서 묵는 논이 얼마든지 있어요. 그래서 나는 머 우리가 부티는 던장의 디주만이 나빠서 그런 거라군 안 해요, 땅에 대한 디주들의 니해 관계와 생각은 우리 농사군들과는 애초에 다르니까요."

이런 말에 상진이는 주춤할 지경으로 인갑이의 얼굴만 새삼스럽게 쳐다볼밖에 없었다. 이 얼마나 정확한 지적이냐. 지금까지의 이야기로 미루어 너무나 당연한 결론이지만 그러나 인갑이는 논리로써보다 쓰라린 체험으로 얻은 자각이 아닐 수 없을 것이다. 제 이야기로 흥분하여 더욱 소년답게 얼굴이 붉어진 그를 보는 상진은 아, 이 젊은 농민! 그의 현실을 정확히 보는 눈과 제 위치에 대한 명백한 자각——그것은 멀지 않은 장래에 새 역사의 창조를 암시하는 것이 아닐까? 이런 생각에 상진은 전에 읽은 책 중에 '토지는 농민에게'라는 외침이 지금 인갑이의 말소리로 연

상되는 것이었다.[86]

그럴 때 절박한 농민들의 상황을 누가 가장 정확하게 바라보고 있는가. 상진은 쥠손이영감의 아들 인갑이와의 대화를 통해 그것이 바로 농민들 자신임을 깨닫는 것으로 제시된다. "땅에 대한 이해 관계와 생각은 지주와 농민이 다를 수밖에 없다"는 인갑이의 말은, 텃물받이 논을 둘러싼 경험에서 우러나온 것이어서 단순한 것이 아니다. 물론 이 부분은 1946년 토지개혁의 필연성과 정당성을 드러내기 위해 최명익이 삽입한 장면일 수도 있다. 그렇지만 농민들과 직접 접촉을 통해서, 그리고 농민들의 절실한 경험을 통해서 농민들의 생각을 그려냄으로써 작품 내에서 일종의 필연성을 획득하고 있다는 점은 간과되어서는 안 될 부분이다.

결국 「맥령」의 전반부에서 최명익은 상진으로 대표된 지식인과 쥠손이영감으로 대표된 농민들이 어떻게 일제 말기의 암담한 현실을 견뎌내고 있었는지 보여주려 한 셈이다. 그럴 때 상진으로 대표된 지식인은 농민의 현실에 새롭게 눈뜨면서 농민에게 동질감을 느끼는 방향으로 나아간다. 이러한 서사 설정이 비록 1946년 토지개혁을 긍정적으로 그려내려는 노력의 소산이라고 할지라도, 그 속에 진실성이 아예 없다고 할 수는 없다. 달리 본다면 최명익은 농민의 현실(소작관계)과 민족문제(공출 및 징용)를 겹쳐놓음으로써 자신의 사상 변화에 필연성을 부여하는 쪽으로 서사를 전개하고 있는 것인데, 이러한 점이야말로 이 작품과 유사한 제재를 취한 작품인 이태준의 「해방 전후」보다 뛰어난 부분이라고 할 것이다.

한편 상진이 인갑이 같은 청년을 두고, "그맛 정도나마 자유가 있던 때에 자기는 왜 좀 더 계몽적으로 이런 젊은이에게 친절한 글을 쓰지 못했던가" 하고 반성하는 장면은 기실 해방 후의 최명익이 앞으로 자신의 창작 방향을 예고하는 대목이라고도 할 수 있다.

「선산님」

「음」

「데 김일성 부대는 상게도 백두산에서 왜놈들하구 싸우갔디요?」

이런 인갑이의 말에 상진이는 벌떡 몸을 일으켰다.

「김일성 부대!」

인갑이의 말을 받아 외는 상진은 서슴없이 그의 얼굴을 마주 보았다. ──아 이 젊은이는 날개가 있구나. 속으로 외치지 않을 수 없었다. 이 기막힌 진공관 속에서 김일성의 존재를 생각해내는 것만도 얼마나 씩씩한 비약이요 찬란한 낭만일까.

「물론 싸울거요. 지금이야말로 그분이 더욱 힘있게 싸울 때니까!」

청구 조선의 산머리 우리 선조의 웅대한 가지가지의 전설을 지니고 있는 백두산에서 동포의 의사를 대표하여 조국해방의 봉화를 높이 들고 싸우는 한 영웅의 모습을 눈앞에 그리며 상진은 대답하였다.[87)]

그러나 이전 문학에 대한 상진의 반성은 상진의 내면으로부터 준비되지는 않은 것이라는 점도 동시에 지적되어야 한다. 그것은 순전히 일제의 사상 검색과 농민의 비참한 현실이라는 외적인 계기에서 비롯한 것이었다. 이러한 외적인 계기는 상진의 내면에서 제대로 소화되지 못한 채 존재하다가 그 해결책을 역시 외적인 것에서 발견한다. 김일성의 존재가 그것이다. 인갑이가 김일성 부대를 언급하는 순간, "벌떡 몸을 일으키"면서 "이 기막힌 진공관 속에서 김일성의 존재를 생각해내는 것만도 얼마나 씩씩한 비약이요 찬란한 낭만일까"라고 생각하는 상진의 반응은 이를 증명한다. 그에게 김일성은 내면으로부터 발견된 존재가 아닌, 외적인 계기로 갑자기 다가오는 존재인 것이다. 이에 더하여 "동포의 의사를 대표하여 조국해방의 봉화를 높이 들고 싸우는 한 영웅의 모습"이라는 구절에서 알 수 있듯이, 김일성에 대한 상진의 생각이 기실 당시 북한에서 김일성을 찬양하던 말이 그대로 인용되어 나오는 것에서도 김일성이 일종의 새로운 권위적 담론으로 제시되고 있음을 알 수 있다. 그러한 권위적 담론에 아무런 회의도 없이 일방적으로 찬동하는 것, 그것은 이 소설에서 제시된 것처럼 일제 말기를 보내던 최명익의 심정이 아니다. 정확히 말해 그것은 평문협을 해체하고 좌익으로 달려갔던 1946년 3월 이후 최명익의 심정일 것이다.

「맥령」의 후반부는 해방 이전을 다룬 앞 부분에서 중심적인 문제가 되었던 농민 또는 토지문제를 중심적으로 다룬다. 상진의 내면 변화가 아닌, 토지개혁 전후의 사회 변화, 특히 농민들의 변화를 드러내는 데 중점을 두고 있는 것이다. 그러나 이 과정에서 상진이 새로운 이념을 받아들이기 위해 필연적으로 가졌을 수밖에 없는 사상 선택의 고민은 제시되지 않는다. 지금부터는 이 점을 중심으로 작품 후반부에 대해 살펴보기로 한다.

해방 직후 상진은 건국준비위원회에 가담한 뒤, 소학교에서 가르칠 국어교재를 만든 다음, K군을 떠나 평양으로 가게 된다. 그가 평양에 도착한 다음날 소련 군대가 입성하였고, 10월에 들어서자 김일성이 개선한다. 그 사이의 상진의 행적은 그다지 구체적으로 그려져 있지 않다. 「맥령」이 자전적 성격을 지닌 작품임을 감안할 때, 이는 앞에서 살펴본 바와 같이 이념적으로 중립적이었던 평양문화예술협회와 관계된 사항들을 최명익이 다시금 구체적으로 드러내는 것을 꺼렸기 때문으로 생각된다. 이념적인 중립성은 이미 이 소설을 쓰던 1946년 중반기의 북한에서는 혹독한 비판의 대상이었던 것이다.

이후 소설은 1946년 1월의 시기로 넘어간다. 상진이 가담하고 있는 북조선예술총동맹의 사무실로 만주에서 무사히 귀국한 인갑이가 찾아온다. 인갑이와의 대화를 통해 상진은 해방이 되었어도 농민들, 특히 소작인들은 여전히 형편이 어려움을 알게 된다. 해방 이전과 다름없이 지주-소작 관계는 그대로 유지되는 상황에서 그들은 "무한궤도의 춘궁"을 벗어날 수 없다는 것을 알게 되는 것이다. 사실, 상진과 인갑이의 이러한 만남은 일면 작위적이라고도 할 수 있다. 이미 K군을 떠나 평양에서 지내는 상진으로서는 농민문제와 직접 연관되기 어렵기 때문에, 인갑이와의 만남을 설정한 것으로 보이는 것이다.

이러한 상황에서 1946년 3월 5일 북조선인민위원회에 의해 '토지개혁법령'이 공포된다. '무상몰수 무상분배'를 내세운 이 법령이 전격적으로 시행된 지 불과 3주일여 만에 모든 조치가 끝난다. 상진은 쬠손이영감·인갑이·춘식이 등의 농민들이 지주–소작 관계에서 벗어나 토지를 가진 자작농으로서 새로운 출발을 하는 것을 감격 속에 본다.

> 「호호 참 보리고개는 정말 넘기 힘든 고개드랬소옵디. 그런 걸 우린 철 알아서만두 몇 십 고비나 넘겼는디!」
> 쵬손이 영감은 암담한 과거에 후— 한숨을 쉬었다. 그러나 그는 또 호호호 웃기를 잊지 않았다.
> 「그래도 이젠 앞이 환하니 되었소옵디. 이젠 다 넘었으니까 아마 이제 자라는 우리 자식네는 보릿고개는 옛말로나 듣게 되었소옵디.」
> 얼마나 변하였는가! 작년 봄까지는 그 얼마나 괴로웠고, 지금은 이 얼마나 즐거운 봄이 되었는가.[88]

토지개혁이 이루어진 지 일 년 만에 상진은 K군으로 가서 토지개혁이 얼마나 농민들의 생활을 바꾸어놓았는지 눈으로 목격한다. 그리고 그러한 변화로 인한 즐거움을 농민들과 함께 나눈다. 소설의 제목인 '보릿고개'는 토지개혁 덕분에 사라지게 되었으며, 농민들은 진정한 해방을 맞게 된 것으로 제시된다.

그러나 이와 같은 「맥령」의 후반부는 엄밀히 말해 최명익이 홀로 쓴 것이 아니다. 후반부를 가로지르는 담론은 최명

익의 것이 아니라 북조선공산당의 전신인 북조선인민위원회
가 대신 말하고 있는 것이라 해야 옳다. 이 시점에서 되돌아
보면, 해방 이전 상진의 내면적 고뇌는 순전히 일본제국주의
를 향한 것이었고, 그밖에 다른 고뇌는 「맥령」에서 제시되지
않았다. 따라서 일본제국주의가 사라진다면, 상진은 북한사
회의 변화에 대해 일말의 회의도 없이 찬동할 태세를 갖춘
것이 된다. 곧 상진은 해방 이후에 어떤 고뇌도 없이 소련군
의 진주와 김일성의 귀환으로 대표되는 북한사회의 질서를
긍정 일변도로 받아들이게 되는 것이다.

　이와 같은 점은 다음과 같은 외부의 목소리가 삽입되어 있
는 데서도 단적으로 드러난다.

☆

　상진이가 평양으로 들어간 이튿날 소련 군대가 입성하
였다. 유럽에서 파시스트의 침략을 막아내고 꺼꾸러트려
자기의 조국을 지켰을 뿐 아니라 침략자의 소굴이던 伯林
에까지 진격하여 그 어간의 약소민족을 해방한 소련 군대
는 다시 동양의 강도 일본 제국주의자의 군대를 무찌르고
지금은 평화와 자유의 옹호자로서 입성한 것이다. 그리하
여 일본 군경은 무장해제가 되었고 우리는 완전히 해방되
었다.

☆

시월에는 김일성 장군이 개선하였다. 세계 민족 반열에
서 우리 삼천만의 면목을 혼자서 유지하고 개선한 김장군
을 민중대회에서 멀리 바라볼 때 지난 봄 일을 생각하고
아직 돌아오지 않은 인갑이의 소식이 새삼스럽게 마음 키
었다. 그때 어둡던 마음의 들창으로 멀리 그리던 김장군이
지금은 우리 눈앞에 친히 나타난 것이다.[89]

작가의 목소리로 서술되는 부분과 달리, ☆로 구획지어 제
시되는 위의 인용은 이러한 사정을 여실히 보여준다. 소설
가운데 생경하게 끼어든 위의 언급들은 작가의 시각으로 이
루어진 것이 아니다. 이 언급들을 가로지르는 것은 해방 이
후 북한사회의 주류를 이루게 된 소련군 및 김일성파들의
목소리이다. 그 목소리에 소설의 주도권을 그대로 넘겨준
것, 그것이 그대로 드러나는 것이다. 이로써 작가 자신의 개
인적 고뇌는 소설에 제시될 여지가 없어지는 것은 두말할 것
도 없다.[90]

물론, 사회주의 리얼리즘으로 진전하던 당시 북한의 문학
적 상황을 고려할 때, 최명익이 예전처럼 개인적인 고뇌를
제시할 수는 없었을 것이다. 그렇게 했다면 그러한 작품이야
말로 부르주아의 유산으로 비판받았을 것이기 때문이다. 그

럴 때 이 작품에서 그가 할 수 있었던 것은, 좌익으로의 전향을 그동안 보지 못했던 농민의 현실을 보았다는 외재적인 원인으로써 합리화하면서, 당시 북한 현실을 주재하던 권위적 담론을 어떤 회의도 없이 그대로 수용하는 것이었다.

"선산님 훌륭한 구경 좀 안 하실라우?"
한다. 그가 가리키는 방향을 본즉 동구 밖 들에서 몇십 명 농부들이 무슨 역사들을 하고 있는 중이었다. 춘식이의 설명을 들으면 이번 토지 개혁으로 농민들이 토지를 분배할 때 그 텃물받이와 쇰손이영감이 문제였다고 한다. (……)
"나두 다른 땅을 가지문 아무두 안 부티게 되니까니 그 아까운 텃물받인 영 쑥밭이 되구 말갔소옵디? 것두 우리 나라 땅이니까니 그렇다문 우리 농사꾼의 도리가 아니갔 소옵디."
했다는 것이다.[91]

그러나 이 지점에서 최명익은 권위적인 외부의 목소리 속에 자신의 관점을 은밀히 내놓는다. 그것은 얼핏 보기에 외부의 목소리와 같은 궤에 속하는 것이나 실상은 김일성으로 대표되는 지도자의 논리와 구별되는 민중 또는 인민의 관점을 자신의 것으로 치환하여 내놓는 것이다. 텃물받이 논을 둘러싼 인민의 반응이 바로 그것이다. 홍수로 인해 쑥대밭이 되어버린 그 논을 다시 복원하는 것, 그것은 지도자의 논리에서 비롯한 것이 아닌, 농민 자체의 관점에서 비롯한 것이기 때문이다. 그리고 이는 이 소설의 전반부에서 인갑이가 "땅에 대한 이해 관계와 생각은 지주와 농민이 다를 수밖에 없다"고 말한 것에 이어지는 것으로 최명익이 가장 공들여 제시한 이 소설의 핵심적인 사건이다.

전격적으로 시행되었던 토지개혁에서 농민은 사실상 피동적인 위치에 설 수밖에 없었다. 그러나 토지개혁 자체는 비록 지도자에 의해 실시된 것일지언정, 그것을 받아들이는 농민들의 능동성에 더욱 가중치를 두어 그려내는 것, 그것이 최명익이 마련한 사상적인 입지점이었던 것이다. 그리고 그것은 은밀히 지도자가 모든 것을 좌우해서는 안 된다는 관점을 드러낸 것이기도 했다. 역으로 말한다면, 최명익은 지도자는 오직 인민을 위해서 존재해야 하는 것이며, 인민이 지도자를 위해 존재하는 것은 문제라는 관점을 드러낸 것인데, 이것이 사회주의 리얼리즘의 당성과 끝내 불협화하는 것이었음은 두말할 것도 없다. 그에게 토지개혁은 지도자에 의해 역사적인 의미가 생기는 것이 아니라, "농민의 손으로 황폐에서 옥토로 갱생하는 우리 국토의 한 폭"이라는 상진의 생각대로 어디까지나 '농민'에 의해서 결국 그 의미가 완성되는 것이었던 셈이다.

"우리 김장군님 안녕하시옵디?"

문득 쬠손이 영감이 묻는 말이다. 진심의 문안이었다. 단지 그가 상진이는 으레 김장군의 소식을 잘 알 사람으로 여기고 묻는 것이 거북하였다.

"자주 뵙지는 못하지만 물론 안녕하십니다."

"참 그 어른…… 그 어른 덕분에 우리 농민들은 움 안에서 떡을 받았소옵디. 하도 어궁하구 꿈 같으니까나 첨에는 곧이 안 들리더라니까."

쬠손이 영감은 또 호호호 웃었다.

"텃물받이꺼정 이렇게 고쳐지는 걸 보믄 이전 정말이디요?"

춘식의 말이다.

"정말 이렇게 우리 농군의 손으로 쑥밭이 됐던 걸 다시 살리게 되구 보니까나 땅은 이제야 제 님자를 만났구나 합소옵디."[92]

한편 최명익이 인민의 관점을 우선시했다는 이상의 논의와 쬠손이영감이 김일성의 안부를 묻는 것은 상반되어 보일 수도 있다. "그 어른 덕분"이라는 쬠손이영감의 발언은 인민의 자발성과 상반되는 것으로도 파악될 수 있는 까닭이다. 그러나 위 인용의 뒷부분에서 그러한 감사는 춘식의 말에 의해 수정 보충된다. "우리 농군의 손으로"를 강조하는 춘식의 발언은 지도자의 지도는 계기일 뿐, 인민의 자발성이 더 본질적이라는 것을 암시하고 있다.

이상에서 「맥령」을 살펴보았다. 이 소설에서 최명익은 1946년 전향한 뒤의 관점에서 일제하 자신의 문학을 비판적으로 바라보며, 그러한 선상에서 일제 말기의 참담한 현실을 견뎌내는 농민들의 관점을 중시하여 드러낸다. 인갑이와 쵬손이영감으로 대변되는 이러한 농민은 상진에게 놀라움을 주는 존재였던 것이다. 그리고 이와 같은 농민의 관점은 이 소설 후반부를 관통하는 권위적 목소리와 구별되는 독자적인 요소로 남는다. 이 소설의 후반부에서 최명익 개인의 목소리가 사라지고 없다면, 그 대신 최명익은 농민의 관점을 가지고 들어와 지도자 중심의 논리에서 다소간 벗어날 수 있었다고 할 것이다.

이로 본다면, 이 시기의 최명익에게 공산주의 사상은 본질적인 것이 아니었으며, 다만 공산주의 및 김일성에 대한 선의의 기대가 그의 내면을 차지하고 있었던 것으로 생각된다. 그는 아직 당성과 계급성의 관계를 이해하지 못했으며, 실질적으로 모든 것을 인민성에 기대고 있었던 것이다. 이러한 최명익의 경향이 북한 사회주의 리얼리즘의 초기 단계로 평가되는 이른바 '고상한 리얼리즘'에서 주로 드러내었던 '혁명적이고 지도적인 영웅'의 상과는 현저히 거리가 있었던 것은 두말할 나위도 없다.

「제일호」―주체적인 근대의 근거로서의 민중의 자발성

「맥령」 이후 최명익은 「마천령」에서 한 번 더 인텔리 출신의 인물과 농민 출신의 인물을 대비한다. 이 작품은 「맥령」보다 더 극적으로 두 인물을 비교하는데, 이는 자신의 행위에 대해 일정한 자의식을 가지는 인텔리 춘호가, 과감하고 단호하게 혁명을 위해 나서는 농민 국봉의 품성을 의식하고 닮으려 노력하는 것으로 나타난다. 물론 이러한 과정이 민중의 투쟁성을 이상화하는 것으로 귀결되는 것은 아니다. 이는 춘호가 국봉을 본받고자 하는 것이, 더 이상 자의식의 세계에 갇혀 있지 않고 세상의 변화를 위해 의미 있는 행위를 하려는 때문인 것에서 잘 드러난다. 민중을 이상화하는가 아닌가가 중심적인 문제가 아니라, 인텔리의 자기변혁과 그를 통한 세상의 변화가 중심적인 문제였던 것이다.

그럴 때 비록 미완으로 끝났지만 최명익이 처음 시도한 장편인 『기계』나, 토지개혁 후 38선 부근 농민들의 통일지향적인 삶을 다룬 「남향집」에서 이제 인텔리 출신의 인물이 사라진다는 사실은 의미가 깊다. 이는 「맥령」에 대한 분석에서 보았듯이, 지식인의 자의식을 어떻게 처리할 것인가의 문제와 노동자 농민 등 민중들의 투쟁적 삶을 어떻게 그릴 것인가의 문제 가운데 전자는 사라지고 후자만 남으며, 동시에 민중들의 자발성을 본격적으로 그리게 된다는 것을 뜻하기 때문이다. 특히 이 두 작품에서 민중을 지도하는 인물이 약화되거나 아예 사라져 있는 것도 주목할 만하다. 지도자의 존재는 최명익에게 본질적인 것이 아니었으며, 민중의 자발성이야말로 이 시기 이후 최명익이 창작의 잣대로 삼은 근본적인 사항이었던 것이다.

『기계』가 미완으로 끝난 이후, 최명익은 다시금 노동자의 자발성을 그린 작품으로 「제일호」를 발표한다. 이 작품은 한편으로 소련과 북한 간의 친선우호 관계를 바탕으로 하고 있지만, 실제로 그것은 지도자—민중의 관계를 은유한 것으로 볼 수 있다는 점에서 흥미롭다. 미리 말하자면, 이 작품은 지도자의 존재가 중요한 것이 아니라 민중의 자발성과 능동성이 더 중요하다는 것을 그리고 있다는 점에서, 「남향집」보다 한 걸음 더 나아간 것이라고 할 수 있다.

현우는 급급한 마음에 머리를 긁었다. 그러나 다시 실패를 거듭하지 않기 위한 시험인 것을 알므로 그 결과를 기다릴밖에 없었다. 처음에 현우는 그만 작은 흠집이 그리 대단한 결함이 될까? 하느니만치 주물공장 노동자 동무들이 그렇게 애써 만든 것을 그 단 한 개의 모래구멍 때문에 못쓴다고 하는 기술과장의 말에 가슴이 무뚝해지기도 했다. 그리고 또 만일 그것이 실패였다면 곧 다른 것을 만들어 하루바삐 '우리의 뜨락또루'가 나오기를 고대하고 있는 농민들 앞에 내놓아야 할 것이 아니냐고 하는 현우였다.

　—그러나 나는 '우리 뜨락또루'로 '우리 땅'을 갈게 되기를 기다리는 농민의 한 사람일 뿐이다. 여기 우리 기술자 동무들이 있다. 이 동무들의 의견을 좇자—.[93]

「제일호」의 배경은 일제 말기까지 일본 미쓰이의 비행기 공장이었지만 해방 이후 국영 평양자동차공장이라는 이름으로 다시 건설된 공장이다. 위의 인용에서 보듯이, 이 공장에 농민을 대표하여 파견 나온 현우라는 인물이 초점자이다. 북한의 실정에 걸맞은 트랙터 엔진을 개발하려는 노동자들의 분투어린 노력을 현우의 시선을 중심으로 포착하는 것이 이 소설의 중심을 이룬다.

　그러나 새로운 엔진을 개발하는 것은 쉬운 일이 아니었다. 크랭크샤프트를 깎아내는 일이라든가, 실린더의 주형을 모래와 흙을 섞어 정교하고 말끔하게 만들어내는 일이라든가,

주조 과정에서 주형이 허물어지지 않게 쇠줄 대신 구리줄을 넣는 일은 노동자들의 열성과 창의성으로 해결이 된다. 그러나 주조된 실린더에 작은 기포가 생기지 않도록 하는 것은 그러한 열성과 창의성으로 해결되는 일이 아니었다. 아래 인용에서 보듯이, 그것은 '비밀'스러운 과학 이론과 기술의 차원에서 해결되어야 하는 문제였던 것이다.

어떻게 하면 부어낸 주물의 속살을 단련한 쇠와 같이 속이 배잦게 할 수 있는가? 이런 과학과 기술의 비밀! 우리는 그것을 배우지도 못했고 또 스스로 찾아낼 경험을 쌓을 만한 기회도 가지지 못했던 것이다.

과거 왜놈들은 저희 나라의 가와자끼(川崎) 비행공장의 주물이니 사가(佐賀) 조선소의 주물이니 하여 자칭 우수하노라는 저희 주물기술을 자랑할 뿐 그것은 비밀이었다. 우리 조선 사람에게만 아니라 저희끼리도 비밀이었다. 모든 것을 독점해 온 자본가들은 과학 이론과 기술까지도 독점해 왔다.[94]

이러한 상황에서 최명익은 "해방 후 북조선에서는 임금 노예의 처지로부터 해방된 노동자와 기술자의 노력과 창발력으로써 작은 보트 치륜(齒輪) 같은 것으로부터 인쇄기 마침내는 고성능의 윤전기까지도 만들기에 성공했다"고 적고 있다. 곧 근대의 산물들이 민중의 자발성으로 성취될 수 있음을 강조하고 있으며, 그렇게 성취된 근대야말로 진정한 근대이자 우리 민족이 애써 성취하고자 했던 근대임을 말하고 있는 것이다.

그러나 민중의 자발성만으로 좀더 진전된 근대를 향해 나아가는 것은 매우 어렵다. 그것을 최명익은 트랙터 엔진의 실린더 제조에 얽힌 난관으로 드러내고 있다. 그렇다면 어떻게 이 난관을 뚫고 지나갈 것인가. 여기서 등장하는 것이 소련군이다. 현우와 문선이는 공장 가까운 곳에 주둔하고 있는 소련군 병사 소꼴로브와의 우연한 인연을 바탕으로 소련군 본부의 관심을 받게 되고, 본부의 주선으로 소련군 중위로 북한에 나와 있는 기술자인 까디쎄브와 안또노를 소개받게 된다. 그는 자동차공장을 둘러본 후 크랭크샤프트를 독자적으로 깎아낸 것과 주형을 창의적으로 만들어낸 것에 감탄한다.

『당신네는 과학적 기술에 상당히 가까이까지 육박해 왔소. 정확한 설계로 된 목형은 물론 부어낸 시린다의 매츠러운 살결, 이것은 사형(砂型)을 만드는 치밀한 기술을 말하는 것이요, (……) 모두가 당신들의 진지한 생각과 열성적 실천의 경험으로 얻은 과학적인 값 높은 창발성이요.

152

단 한 가지 동무들이 모르시는 건 숫자뿐이요.』(……)

『동무들 들었소? 우리가 몰라서 실패하구 안타까와 하던 비밀을 이 쏘련군대 중위 동무가 우리와 같이 일하며 가르쳐 주신다는 걸……』

옆에 둘러서서 듣고 있던 노동자들 가운데서는 『와―』 환성이 일어났다. (……)

『나는 지금까지 큰 과오를 범하고 있었습니다.』

불쑥 이런 말을 시작한 현우의 손은 떨렸다.

『왜 지금까지 선진 과학을 가진 쏘련 동무의 방조를 구할 생각을 못했는지! 그랬으면 우리 일은 벌써 성공했을 거요.』(……)

통역관에게 물어서 현우의 말뜻을 안 까디쎄브는 머리를 흔들었다.

『만일 처음부터 우리가 이 일에 관계했다면 지금까지 쌓아온 당신네의 경험과 그리고 그 경험으로 생긴 자신심은 없었는지 모를게요. 그것은 더욱이 새 나라를 세우는 당신네 조선 노동자에게는 더 값 높은 것이 될 것입니다.』[95]

그럴 때 위의 인용은 이 소설의 핵심적인 주제를 드러내고 있는 부분이다. 여기서 주안점은 소련군의 지도는 일종의 화룡점정의 역할을 하는 것이어서 중요하기는 할지라도 본질을 이루는 것은 아니라는 데 있다. 본질은 어디까지나 민중의 자발성에 있는 것이다. 그러나 민중의 자발성은 폐쇄적인 것이 아니다. 그러한 자발성은 긍정적인 의미의 지도에 대해 더욱 적극적으로 환영하는 태도가 된다. 오히려 적절한 지도는 민중들이 바라는 것이다. 하지만 지도가 본질이 될 경우, 민중들은 자발성을 잃고 지도하는 자에게 전적으로 매달리게 될 우려가 있다. 실제로 위의 인용을 보면, 현우는 소련군의 조력을 구하려는 생각을 하지 못했던 자신을 탓하면서 그것을 '과오'라고 말한다. 이는 얼핏 보기에 맞을 수도 있다. 진작 소련군의 도움을 청했으면 노동자들의 수고가 덜어지고 트랙터도 더 빨리 생산할 수 있었을 것이기 때문이다.

그러나 이러한 현우의 발언은 까디쎄브에 의해 번복된다. 처음부터 지도하는 것은 민중의 경험을 제한하고 나아가 스스로 할 수 있다는 자신감을 없애는 일이 된다는 것이다. 기실 이 까디쎄브의 발언은, 작가 최명익의 발언이라고 할 수 있다. 민중의 자발성에 의한 경험과 노력이 있을 때에야 지도도 올바른 효과를 가져온다는 것이다.

한편 이에 더하여 까디쎄브는 만약 처음부터 지도를 하게 되었다면, "우리는 응당 동무들에게 뜨락또루를 만들기 전에 먼저 기계 설비부터 하시라구" 권했을 것이라고 말한다. 이 발언의 의미 역시 명확하다. 민중의 자발성보다 지도가 선행

할 경우, 자칫 북한의 특수한 상황을 고려하지 않고 소련의 기술이 일방적으로 수입되는 결과에 그쳤으리라는 점이다. 곧 이 부분에서 최명익은 보편적인 근대라 할지라도 북한의 특수성에 걸맞게 변화되어야 한다는 점을 말하고 있는 것이다.[96]

이러한 논의를 볼 때, 「제일호」는 지도자는 민중보다 본질적일 수 없다는 것, 민중이 열렬히 원할 때라야 지도도 민중의 상황에 걸맞은 특수성과 현실성을 띠게 된다는 것을 말하고 있는 셈이다. 이와 같은 작품 경향은 해방 이후 당 중심과 김일성 중심을 향해 달려가던 북한의 상황에서 과연 무엇을 위한 이념이고 지도자여야 할 것인가에 대해 최명익이 그 나름으로 의문을 던지면서 자신의 관점을 내밀하게 드러낸 것이라고 할 만하다. 어디까지나 민중의 자발성에 의거한 보다 진정한 근대성으로의 진입, 그것이 해방 직후의 시기에 최명익이 원했던 우리 민족의 미래였던 것이다.

맺음말

　이상에 걸쳐 최명익의 삶과 문학에 대해 살펴보았다. 일제 강점기든 해방 이후든 간에 그의 삶과 문학은 근대란 무엇이며, 그러한 근대 속에서 어떻게 살아야 할 것인가라는 의문과 항상 연결되어 있었다.

　그에게 근대란 구체적으로 안온하고 풍족한 가족을 깨뜨린 사태로 다가왔다. 3·1운동으로 인한 학교 중퇴와 연이은 가족의 죽음은 근대의 어두운 이면을 예민하게 느낄 수밖에 없게끔 해주었다. 그럴 때 그에게는 두 개의 빛이 있었다. 하나는 지극히 당연하게도 민족주의였으며, 다른 하나는 내밀한 것으로서 사회주의였다. 그렇지만 최명익은 민족주의에도 사회주의에도 적극적인 참여를 할 수 없었다. 민족을 중시하는 입장에는 동감한다 할지라도 근대에 일방적으로 피해를 입은 민족이 서구적인 근대의 길을 그대로 따라가기를 지향하는 당시의 민족주의——이광수나 수양동우회로 대표된——에는 찬동할 수 없었던 것이다. 그러나 사회주의를 지향하면서 민족의 독립을 희망하는 길은 그가 본격적으로 활동을 시작하던 1930년대에는 목숨을 거는 절실한 각오를 하지 않고서는 불가능한 것이었다.

그럴 때 최명익이 택한 길은 문학 속에서 근대가 가져온 식민지의 어두운 이면을 비판적이고 성찰적인 형태로 드러내는 것이었다. 그러나 이것이 논리적인 형태일 수는 없었는데, 그러한 논리란 이미 제국주의적인 근대가 차지하고 있었기 때문이다. 그 논리적인 제국주의적 근대에 맞서기 위해서는 근대 앞에 선 자신을 되돌아보는 자의식과 근대로 인한 고통을 예민하고 섬세하게 느낄 수 있는 감수성이 필요했다. 그리하여 우리 문학은 1920년대 초기의 염상섭 이후 자의식과 감수성이 고통스러운 고뇌의 형태로 결집한 도스토예프스키적인 문학을 또 하나 가지게 되었던 것이다. 도스토예프스키적 산책자의 등장은 그런 점에서 1930년대 우리 소설사에서 빛나는 성과가 된 것이다.

하지만 이와 같은 자의식과 감수성에 의거한 최명익의 소설이 단순한 내면적 고뇌를 드러내는 차원에만 머물렀던 것은 아니다. 이어서 최명익은 근대가 가져온 구체적인 변화를 탐색한다. 그것은 당시 최명익이 직접 경험할 수 있었던 가장 근대적인 사물, 곧 기차나 자동차를 대상으로 한 탐구이다. 이로써 최명익은 식민지 수도 경성의 근대적 사물 현상을 탐구한 박태원과 함께 근대성의 경험에 대한 모더니즘 소설의 양대 축을 형성하게 된 것이다. 그러나 박태원이 1930년대 말을 여급을 중심으로 한 풍속의 세계로 가볍게 나아가면서 근대성 자체를 의문시하는 차원에서는 멀어져갔던 반면, 최명익은 기차와 자동차에 대한 경험에서 근대성이란 무엇인가, 특히 식민지 상황에서 근대성이란 무엇인가라는 본질적인 문제를 계속 천착한다.

기차의 속도를 근대적 삶의 변화 속도와 연결지은 것, 운전자를 근대성을 전염시키는 표상적인 존재로 제시한 것, 그러나 무엇보다도 기차를 타는 사람들이 근대에 지배받으면서도 다른 한편으로 지니고 있는 근대의 지배를 이탈한 독자적인 삶의 면모를 포착한 것 등은 우리 모더니즘 문학이 근대성의 문제에 대해 도달한 하나의 정점을 보여준다. 근대성의 이면, 곧 제국주의적 근대의 이면에 있는 식민지적 근대성에 대한 가장 예민한 촉수를 최명익은 가지고 있었던 것이다.

해방 이후 최명익은 당시 대부분의 우리 민족이 그러했던 것처럼 이념 선택의 상황에 처한다. 이때 최명익은 식민지적 근대에 대한 기왕의 인식과 함께 모더니즘적인 문학의 외양에 가려져 있던 사회주의의 타당성에 대한 신뢰——막연했을 지도 모르지만——를 바탕으로 공산주의가 득세하게 된 북한의 현실을 수용하게 된다. 게다가 일제의 잔재 청산과 봉건적 제도의 청산이 북한에서 철저히 이루어진 것을 보면서, 최명익은 자신이 일찍이 지니고 있었던 민족적 희망까지 충족된 것으로 판단하게 되고, 사회주의 사상으로 나아간다.

그러나 그의 삶이 순탄한 것은 결코 아니었다. 부르주아의 잔재, 인텔리겐치아의 한계, 자연주의적 경향 등의 비판이 항상 그를 따라다녔다. 그 속에서 최명익이 자신을 유지할 수 있었던 것은, 승차 모티프를 통한 식민지적 근대성의 탐구에서 결론적으로 발견했던 민중의 자발성 내지 능동성이었다. 그럴 때 최명익이 생각한 공산주의는 그러한 자발성에서 출발하여 지도자를 거쳐 다시금 자발성으로 돌아가는 것이었다. 곧 그에게 당이나 지도자 또는 수령은 공산주의의 본령이 아니었다. 그것은 철저히 민중에 의하고 또 민중을 위해 존재할 때만 의미가 있는 것이지, 그 자체로 민중을 압도하는 의미가 있는 것은 결코 아니었던 것이다. 그러나 이러한 파악 자체가 이미 자유를 중시하는 부르주아적인 것일지도 모른다는 점에서 최명익의 비극적 죽음은 예정되어 있는 것이기도 했다. 갈수록 수령 중심의 지도체제가 강렬해질수록 최명익이 북한에서 디딜 땅은 없어지게 되었던 것이다.

여기서 최명익이 해방 직후에 쓴 소설들은 각별한 의미를 지닌다. 해방 이후의 당대적 문제를 다룬 이 소설들에서, 이제 근대를 성취하는 것은 민중들이다. 이들은 해방이나 토지개혁이라는, 비록 열렬히 소망하기는 했으나 그들 스스로가 이루지는 못했고 외부에서 부여된 사태를 자발성과 능동성으로 훌륭히 소화해낸다. 소작 관계에서 해방되자 스스로 개간에 나서는 농민들이 그러하고, 체제가 달라진 민족간의 화해를 가장 먼저 이끌어내는 농민들이 그러하며, 지도를 필요로는 하지만 그 지도 자체에 안주하지 않고 더욱 훌륭한 결과를 이끌어내는 노동자들이 그러하다. 이들은 지도자에게 감사하고 그를 존중하는 태도를 보이지만, 그렇다고 지도자에게 의존하지는 않는 주체적인 개인들이다.

이 글에서 상세히 다루지는 않았지만,『서산대사』역시 마찬가지다. 겉으로 보기에 서산대사라는 영웅적 인물이 신비화된 채 등장하여 민중을 이끌어 왜적을 격퇴하지만, 실질적으로 그의 형상은 철저하게 수단적이지 그 자체가 목적인 측면은 어디에도 없는 것이다. 그의 활동은 민중과 완전히 결합되어 있으며, 그러한 민중은 '의병'이라는 말이 함축하듯이 무식하든 무식하지 않든 간에 철저히 자발성을 지닌 존재들로 구성되어 있다.

그러나 무엇보다도 중요한 것은, 이들은 당이나 지도자가 영향력을 미치지 못하는 삶의 구체적인 부면에서 투쟁하면서 스스로 근대를 만들어나가는 존재들이라는 점이다. 곧 이 시기 최명익은 일제의 압제 밑에서는 결코 꿈꾸지 못했던 주체적인 근대, 능동적인 근대를 만들어 그것으로 새로운 나라를 건설하고자 하는 이상을 지녔던 것이다. 민중에 의한 근대의 자발적인 성취, 이를 그려냈다는 점만으로도 최명익은 비단 모더니즘뿐만 아니라 리얼리즘에서도 두드러진 성과를 남겼다고 할 것이다.

물론 이와 같은 자발적인 민중상이 부르주아적인 자유의 개념에서 완전히 벗어나지 못했다는 비판도 있을 수 있고, 반대로 민중을 이상화한다는 비판도 있을 수 있다. 실제로도 최명익의 삶은 그러한 비판에 시달리는 것이기도 하였다. 그러나 이러한 비판은 어쩌면 당과 지도자의 역할을 본질적인 것으로 보는 관점에서만 가능하다. 바로 이 점을 본질적으로 받아들였는가 아닌가에 따라 최명익의 삶이 결정되었던 것인데, 결코 북한이라는 국가체제가 규정하는 만큼은 받아들이지 못했던 것이 그의 비극적인 죽음——만약 자살설이 사실이라면——을 낳았던 근본적 원인이라고 할 것이다.

주

1) 조남현, 『한국지식인소설연구』, 일지사, 1984, 198쪽.

2) 1930년대 말의 신세대 논쟁에서 최명익은 허준 · 현덕 · 김동리 · 정비석 등과 함께 논의의 중요 대상이 된다. 이 논쟁은 김동리와 김환태가 신세대 작가의 편에서 논의를 전개했으며, 그 반대편에는 유진오 · 임화 · 김남천 등이 있었다. 이에 대해서는 김윤식, 『한국근대문예비평사연구』, 일지사, 1976, 343~386쪽 및 한형구, 『일제 말기 세대의 미의식에 관한 연구』, 서울대 박사학위논문, 1992, 25~54쪽 참조.

3) 백철, 「금년간의 창작계 개관」, 『조광』, 1938. 12, 57쪽. 이밖에 최명익의 작품을 긍정적으로 평가한 것으로는 김환태, 「순수시비」, 『문장』, 1939. 11 및 엄흥섭, 「신인에 대한 앞날의 기대」, 『조선일보』, 1936. 5 등이 있다.

4) 임화, 「창작계의 일년」, 『조광』, 1939. 12; 김남천, 「신진소설가의 작품 세계」, 『인문평론』, 1940. 2 참조.

5) 조남현, 앞의 책, 1984; 이동하, 「최명익론—세계의 폭력과 지식인의 소외」, 『월북문인연구』, 문학사상사, 1989 등을 들 수 있다.

6) 채호석, 「리얼리즘에의 도정 — 최명익론」, 김윤식 · 정호웅 엮음, 『한국문학의 리얼리즘과 모더니즘』, 민음사, 1989; 김윤식, 「최

명익론」,『한국현대현실주의소설연구』, 문학과지성사, 1990 ; 진
정석, 「최명익 소설에 나타난 근대성의 경험 양상」,『민족문학사
연구』제8호, 1995 등을 들 수 있다.

7) 최혜실,『1930년대 한국 모더니즘 소설 연구』, 서울대 박사학위
논문, 1991 ; 장수익,「최명익론 ─승차 모티프를 중심으로」,
『한국근대소설사의 탐색』, 월인, 1999 등을 들 수 있다.

8) 최명익,「3·1의 회상」,『글에 대한 생각』, 조선문학예술총동맹
출판사, 1964, 81쪽을 보면, "3·1운동 때에 보고 들은 일들을
회상하는 지금의 나는, 그보다 아홉 해 전인 한일합병 때의 일
도 아울러서 생각하게 된다. 그때 나는 여덟 살이었다"는 진술
이 나온다. 곧 이때의 나이를 한국식으로 계산하면, 1910년에 8
세였으므로 1903년이 1세 곧 출생 연도가 되는 것이다.

9) 셋째였다는 설도 있다.

10) 최명익,「숨은 인과율─소설가의 아버지」,『조광』6권 7호,
1940. 7.

11) 최명익,「소설 창작에서의 나의 고심」, 한설야 · 이기영 외,『나
의 인간 수업 · 문학 수업』, 인동출판사, 1990, 254쪽.

12) 최명익,「3·1의 회상」, 82쪽.

13) 최명익,「숨은 인과율 ─소설가의 아버지」, 228쪽.

14) 최명익,「3·1의 회상」, 89쪽, 90쪽.

15) 최명익,「레프 톨스토이에 대한 단상」,『글에 대한 생각』, 조선문
학예술총동맹출판사, 1964, 142쪽, 143쪽.

16) 최명익,「창작에 대한 단상」,『글에 대한 생각』, 조선문학예술총
동맹출판사, 1964, 156쪽, 157쪽.

17) 미술에 대한 관심은 나중에「심문」의 주요 인물인 명일의 정신
세계를 설정하는 데 큰 도움을 준 것으로 생각된다.

18) 최명익, 「소설 창작에서의 나의 고심」, 255쪽, 256쪽.

19) 『단층』 1호, 1937, 122쪽에는 최명익의 소유로 추정되는 초자 공장 광고가 실려 있다. "후라스고 · 호야 약병 · 호야 잉크병 · 사이다 병 · 비르 병 · 파리통 · 등피 갓……후라스고 파리통 TEL. 1288 평양 신양리 평안초자공장"이라는 내용이다.

20) 최명익, 「이광수 씨의 작가적 태도를 논함」, 『비판』, 1931. 9, 74쪽, 75쪽.

21) 엄홍섭, 「신인에 대한 앞날의 기대」, 『조선일보』, 1936. 5.

22) 백철, 「금년간의 창작계 개관」, 『조광』, 1938. 12.

23) 김동리, 「신세대의 정신」, 『문장』, 1940. 5.

24) 임화, 「창작계의 일년」, 『조광』, 1939. 12.

25) 김남천, 「신진소설가의 작품 세계」, 『인문평론』, 1940. 2.

26) 신수정, 「단층파 소설 연구」, 서울대 석사학위논문, 1992 참조.

27) 최명익, 「레프 톨스토이에 대한 단상」, 146쪽, 147쪽.

28) 발터 벤야민, 반성완 옮김, 『발터 벤야민의 문학이론』, 민음사, 1983, 140쪽.

29) 최명익, 「비오는 길」, 『장삼이사』, 을유문화사, 1947, 103쪽, 104쪽.

30) 마셜 버먼, 윤호병 · 이만식 옮김, 『현대성의 경험』, 현대미학 사, 1994, 280쪽.

31) 박태원의 구보는 자기 확인을 하지 않는다. 그는 근대적 거리에 대 해 자격지심이나 열등감을 갖지 않는, 보들레르적인 산책자이다.

32) 최명익, 「비오는 길」, 121쪽.

33) 같은 글, 140쪽.

34) 최명익, 「무성격자」, 29쪽.

35) 최혜실은 정일의 이러한 상념을 가리켜 승차 상태의 방심 또는

무관심에서 나온 자유연상과 관련시켜 해석한다(최혜실, 『1930년대 모더니즘 소설 연구』, 서울대 박사학위논문, 1991 참조). 그러나 이 글의 논의에 따른다면, 정일이 떠올리는 상념은 보들레르적인 산책자가 산책 중에 주로 하는 행위인 무관심 상태의 연상과 같지는 않다는 점을 알 수 있다. 또 정일이 떠올린 상념의 내용을 보더라도, 그것은 그가 기차를 타기까지의 과정을 통한 현재 자신의 상태에 대한 확인에 치중하는 것이어서 의식의 흐름에 바탕을 둔 무의지적인 자유연상과는 달리 질서정연하고 조리가 있다. 보들레르적 산책자가 거리 경험이 불러일으킨, 근대적 이미지의 순간적 현현을 붙잡기 위해 무관심 상태의 연상을 중시한다면, 도스토예프스키적 산책자는 거리 경험에서 자신의 무능에 대한 객관적인 확인과 그로 인한 고민을 중시하기 때문에 무관심한 연상 대신 조리 있는 서술을 하게 되는 것이다.

36) 최명익, 「무성격자」, 63쪽.

37) 최명익, 「심문」, 143쪽, 144쪽.

38) 같은 글, 156쪽.

39) 같은 글, 172쪽, 173쪽.

40) 같은 글, 197~199쪽.

41) 좀 맥락은 다르지만, 마르크스는 어떤 행위의 가치란 그것의 결과에 의해 결정되는 것이 아니며, 과정 중에서 나타나는 것이라고 한 바 있다(K. 마르크스, 김수행 옮김, 『자본론』1권, 비봉출판사, 193쪽, 194쪽). 이를 '과정 중의 가치'라 한다면, 현혁은 결과에 의해 결정된 가치만 중시할 뿐이다. 그런 점에서 현혁은 근본적으로 비-변증법자 내지 관념론자라고 할 것이다.

42) 최명익, 「심문」, 205쪽, 206쪽.

43) 니체는 비극을 원한이나 복수와는 구별하면서 과정 속에 나타

난 실존에 충실함으로써 새로운 생성을 예고하는 것으로 파악한다. 이에 대해서는 G. 들뢰즈, 신범순·조영복 옮김,『니체, 철학의 주사위』, 인간사랑, 1994, 1장 참조. 한편「비오는 길」에서 병일이 도스토예프스키 외에 니체의 책을 읽고 있다고 한 것에서, 최명익이 적어도 일제시대에는 니체에 관심이 있었음을 알 수 있다.

44) 최명익,「봄과 신작로」, 73~75쪽.

45) 같은 글, 87쪽, 88쪽.

46) 같은 글, 96쪽.

47) 최명익,「장삼이사」, 208쪽.

48) 조남현,「어둠의 시대와 삶의 빛」,『우리 소설의 판과 틀』, 서울대학교출판부, 1991, 23쪽.

49) 최명익,「장삼이사」, 232쪽, 233쪽.

50) 김민정,「1930년대 후반기 모더니즘 소설 연구―최명익과 허준을 중심으로」, 서울대 석사학위논문, 1994, 41쪽, 42쪽에서도 이와 같은 관점이 제시되어 있다.

51)「맥령」에는 'K군'으로 표기되어 있다.

52) 뒤에 다루겠지만,「맥령」의 주인공인 '상진'은 고등보통학교 선생으로 문학활동을 한 것으로 설정되어 있다. 이는 호구지책으로 소규모나마 유리공장이나 담배공장을 경영하면서 문학활동을 하던 최명익의 실제 상황을 변경한 것이지만, 그런데도 이 소설에서 주인공의 신분이 선생이냐 기업가냐 하는 것은 중요하지 않다. 중요한 것은 주인공이 작가로서 일제 말기 관헌의 압박을 심하게 받았다는 사실과, 그러나 그 압박에 굴하지 않고 버텨낼 때의 내면적 상황인 것이다.

53) 최명익,「맥령」,『비오는 길』, 문학과지성사, 2004, 247쪽.

54) 같은 글, 298쪽.

55) 마셜 버먼, 앞의 책, 1994 참조.

56) 김윤식,『해방공간의 문학사론』, 서울대학교출판부, 1989, 37쪽.

57) 박남수(현수), 우대식 편저,『적치 6년의 북한 문단』, 보고사, 1999 참조.

58) 이기봉,『북의 문학과 예술인』, 사상사회연구소, 1986 참조.

59) 최명익,「맥령」, 300쪽, 301쪽.

60) 이기봉, 앞의 책, 1986, 1986, 38쪽.

61)『단층』동인이었던 김조규의 삶은 여러모로 최명익의 삶과 비교될 수 있다. 김조규는『관서시인집』에 실린「현대수신」(現代修身) 등 5편의 시가 비판을 받았을 때, 자아비판을 통해 위기를 넘긴다. 이후 그는 소련군이 발간한 신문인『조선신문』에 파견된 것을 계기로 소련파의 힘을 입고, 1954년 3월호부터 같은 해 12월까지 조선작가동맹 중앙위원회 기관지 월간『조선문학』의 '책임주필'로 근무할 정도로 주도적인 문단활동을 펼친다. 그러나 그는 과거 모더니즘적인 문학 행적이 문제가 되어 1956년 이후 4년간 흥남의 치차공장의 공원으로 좌천된다. 그러나 그 과정에서도 공장 문예 서클을 지도하는 등 문학활동을 계속하여, 1960년 이후에는 다시금 평양으로 돌아와 1990년 사망할 때까지 북한 문예의 대표적인 시인으로 남게 된다.

62) 이완범,「해방전후사 연구 10년의 현황과 자료」,『해방전후사의 인식』4, 한길사, 1989, 557쪽의 자료 참조.

63) 박남수, 앞의 책, 1999, 43쪽, 44쪽.

64) 같은 책, 58쪽, 59쪽.

65) 김재용,「해방 직후 자전적 소설의 네 가지 양상」,『민족문학운동의 역사와이론』2, 한길사, 1996, 482쪽, 483쪽.

66) 이 선거에서 선출된 대의원들 가운데 273명을 다시 뽑아 대의원으로 선출하고, 이를 바탕으로 1947년 2월 전국인민회의가 구성되었는데, 여기서 김일성이 북조선인민위원장으로 선출됨으로써 북한 정권의 실질적인 출발점을 이루게 된다.

67) 김재용, 「해방 직후 최명익 소설과 『제1호』의 문제성」, 『민족문학사연구』, 제17호, 402쪽, 403쪽.

68) 안함광, 「8·15 해방 이후 소설문학의 발전과정」, 『문학의 전진』, 1950. 7(이선영 · 김병민 · 김재용 엮음, 『현대문학비평자료집』 2권, 태학사, 1993, 45쪽, 46쪽에 재수록).

69) 「시집 『응향』에 관한 결정서」, 『문학』, 조선문학동맹기관지 제3호.

70) 박남수, 앞의 책, 1999, 123쪽, 124쪽.

71) 한효, 「자연주의를 반대하는 투쟁에 있어서의 조선문학」, 『문학예술』, 1953. 1~4; 이선영 · 김병민 · 김재용 엮음, 앞의 책, 1993, 488쪽.

72) 이는 M. M. 바흐친, 김근식 옮김, 『도스토예프스키시학』, 정음사, 1989에서도 지적된 바 있다.

73) 최명익, 「레프 톨스토이에 대한 단상」, 147~149쪽.

74) 앞의 각주 70번 글 참조.

75) 고상한 리얼리즘론은 그 관념성으로 말미암아 1950년대에 들어서면서 폐기된다. 실제로 이후 북한의 문학사 서술에서도 이 부분은 왜곡되거나 삭제된다. 이에 대해서는 김재용, 「초기 북한문학의 형성과정과 냉전체제」, 『북한문학의 역사적 이해』, 문학과지성사, 1994 참조.

76) 최명익, 「아들 최항백에게 주는 편지」, 71쪽, 72쪽.

77) 안함광, 「1951년도 문학창조의 성과와 전망」, 『인민』, 1952. 1(『현대문학비평자료집』 2권, 151쪽, 152쪽에 재수록).

78) 엄호석, 「노동계급의 형상화 미학상의 몇가지 문제」, 『조선문학』, 1953. 11(『현대문학비평자료집』 3권, 64쪽에 재수록).

79) 김명수, 「부르주아 이데올로기적 잔재와의 투쟁을 위하여」, 『문학의 지향』, 조선작가동맹출판사, 1954, 53쪽.

80) 조중곤, 「생활의 진실을 더 깊이 반영하기 위하여」, 『조선문학』, 1958. 1(『현대문학비평자료집』 4권, 359쪽에 재수록).

81) 『조선문학』, 1957. 11.

82) 최명익, 「창작에 대한 단상」, 122쪽.

83) 최진이, 「북한이 일제 청산 제대로 했다고? 천만에!」, 『데일리서프라이즈』, 2005. 3. 8(http://www.dailyseop.com/section/article_view.aspx?at_id=17745).

84) 최명익, 「맥령」, 246쪽, 247쪽.

85) 같은 글, 263쪽, 264쪽.

86) 같은 글, 276쪽, 277쪽.

87) 같은 글, 279쪽, 280쪽.

88) 같은 글, 314쪽.

89) 같은 글, 302쪽, 303쪽.

90) 김혜연, 「해방 직후 최명익 소설 연구 ―「맥령」을 중심으로―」, 『현대소설연구』 제17집, 2002 참조.

91) 최명익, 「맥령」, 308쪽.

92) 같은 글, 312쪽.

93) 최명익, 「제일호」, 『민족문학사연구』 제17호, 1996, 428쪽, 429쪽.

94) 같은 글, 430쪽.

95) 같은 글, 437쪽, 438쪽.

96) 이 점에 대해서는 김재용, 「해방직후 최명익 소설과 『제일호』의 문제성」, 『민족문학사연구』 제17호 참조.

참고문헌

김남천, 「신진소설가의 작품 세계」, 『인문평론』, 1940. 2.

김명수, 「부르주아 이데올로기적 잔재와의 투쟁을 위하여」, 『문학의 지향』, 조선작가동맹출판사, 1954.

김민정, 「1930년대 후반기 모더니즘소설연구―최명익과 허준을 중심으로」, 서울대 석사학위논문, 1994.

김양수, 「말기 지식인의 자의식을 묘파」, 『월간문학』, 1988. 6.

김윤식, 『해방공간의 문학사론』, 서울대학교출판부, 1989.

_____, 「최명익론」, 『한국 현대 현실주의연구』, 문학과지성사, 1990.

김재용, 『북한문학의 역사적 이해』, 문학과지성사, 1994.

_____, 「해방 직후 자전적 소설의 네 가지 양상」, 『민족문학운동의 역사와 이론』 2, 한길사, 1996.

_____, 「해방직후 최명익 소설과 『제일호』의 문제성」, 『민족문학사연구』 제17호, 1996.

_____, 『우리 소설의 판과 틀』, 서울대학교출판부, 1991.

김혜연, 「해방 직후 최명익 소설 연구―「맥령」을 중심으로」, 『현대소설연구』 제17집, 2002.

김환태, 「순수시비」, 『문장』, 1939. 11.

박남수(현수), 우대식 편저, 『적치 6년의 북한 문단』, 보고사, 1999.

백 철, 「금년간의 창작계 개관」, 『조광』, 1938. 12.

신형기, 「최명익과 쇄신의 꿈」, 『현대문학의 연구』 24집, 2004.

양문규, 「최명익소설연구」, 『강릉대인문학보』 9, 1990.

엄호석, 「노동계급의 형상화 미학상의 몇가지 문제」, 『조선문학』, 1953. 11.

엄흥섭, 「신인에 대한 앞날의 기대」, 『조선일보』, 1936. 5.

유성하, 「1930년대 한국심리소설기법연구」, 계명대 박사학위논문, 1987.

이기봉, 『북의 문학과 예술인』, 사상사회연구소, 1986.

이동하, 「최명익론」, 『문학사상』, 1988. 11.

이선영·김병민·김재용 엮음, 『현대문학비평자료집』, 태학사, 1993.

이완범, 「해방전후사 연구 10년의 현황과 자료」, 『해방전후사의 인식』 4, 한길사, 1989.

이희윤, 「최명익연구」, 건국대 석사학위논문, 1991.

임 화, 「창작계의 일년」, 『조광』, 1939. 12.

전영태, 「최명익론—자의식의 갈등과 그 해결의 양상」, 『선청어문』 10, 1979.

정현숙, 「최명익론」, 김상태 외, 『한국현대작가연구』, 푸른사상, 2002.

조남현, 「어둠의 시대와 삶의 빛」, 『우리 소설의 판과 틀』, 서울대학교출판부, 1991.

_____, 『한국지식인소설연구』, 일지사, 1984.

조연현, 「자의식의 비극—최명익론」, 『백민』, 1949. 1.

조중곤, 「생활의 진실을 더 깊이 반영하기 위하여」, 『조선문학』, 1958. 1.

진정석, 「최명익 소설에 나타난 근대성의 경험 양상」, 『민족문학사

연구』 제8호, 1995.

채호석, 「리얼리즘에의 도정」, 김윤식·정호웅 엮음, 『한국문학의 리얼리즘과 모더니즘』, 민음사, 1989.

최진이, 「북한이 일제 청산 제대로 했다고? 천만에!」, 『데일리 서프 라이즈』, 2005. 3. 8(http://www.dailyseop.com/section/ article_view.aspx?at_id=17745).

최혜실, 『1930년대 모더니즘 소설 연구』, 서울대 박사학위논문, 1991.

한설야·이기영 외, 『나의 인간 수업·문학 수업』, 인동출판사, 1990.

최명익 연보

1903년(1세)   7월 15일, 평남 강서군 증산면 고산리에서 태어남.
             부친은 본디 평양에서 살았으며, 평양과 인천을 오
             가는 교역상이었음.
1910년(8세)   전후 부친이 평양 부근의 농촌에 새로 집을 짓고
             이사함. 병약했던 관계로 집 근처의 작은 사설학교
             를 다녔으나 일제 강점을 계기로 학교가 문을 닫자
             보통학교에 입학.
1916년(14세) 집을 떠나 평양고등보통학교에 입학.
1917년(15세) 부친 사망. 유산이 꽤 있었으나 친척들의 등쌀에
             시달림.
1919년(17세) 2월, 서울에 갔다가 평양으로 돌아옴.
             3·1운동 이후 평양에서 벌어진 만세사건에 참여하
             였다가 평양고보를 중퇴함. 어머니와 형 역시 이때
             검거되어 감옥에서 사망했다는 설이 있음.
1921년(19세) 일본으로 유학을 떠나 세이소쿠영어학교에 입학.
             그러나 학업보다 문학에 더 열중함.
1923~24년 무렵 세이소쿠영어학교를 졸업하지 못하고 귀국.
1926년(24세) 경기도 양주군 출신의 양은경과 결혼. 평양 외성구

역 창전리에서 가정을 이룸. 남은 재산으로 소규모의 유리공장을 운영하여 생계를 꾸림(이후 세 남매를 두었으나 그 중 두 딸은 일찍 사망). 수양동우회 창립회원으로 참여.

1928년(26세) 홍종인·김재광·한수철 등과 함께 동인지 『백치』를 냄(1호-1월, 2호-7월). 최명익은 여기서 '유방'(柳妨)이라는 필명을 씀.

1931년(29세) 9월, 평론 「이광수 씨의 작가적 태도를 논함」을 발표.

1936년(34세) 『조광』 4월호와 5월호에 「비오는 길」을 발표하여 문단의 주목을 받음.

1937~38년 아우 최정익이 관여한 『단층』 동인의 정신적·재정적 후원자 역할을 함.

1941년(39세) 「장삼이사」를 발표. 이후 해방 이전까지 창작을 거의 하지 않음.

1944년(42세) 일제의 압박을 피해 평남 강서군 취룡리의 외가에 은거함.

1945년(43세) 9월에 평양으로 돌아와 북한 지역의 첫 문화단체였던 평양예술문화협회 회장으로 선출.

1946년(44세) 평양예술문화협회를 해산하고 3월, 북조선문학예술총연맹의 중앙상임위원과 평안남도위원장이 됨. 해방 전후의 심경 변화를 바탕으로 토지개혁을 지지하는 내용의 「맥령」을 발표.
11월, 평남 강서군의 인민위원으로 선출됨.
12월, 건국사상총동원운동의 일환으로 함경도 성진군으로 파견되어 농촌 생활을 경험하고, 이를 바탕으로 한 「마천령」을 1947년에 발표.

1947년(45세)	『응향』사건의 조사위원으로서 원산으로 파견되어 활동. 한편, 남한에서는 단편집 『장삼이사』가, 북한에서는 『맥령』이 각각 출간됨.
	12월, 장편 『기계』를 연재하기 시작하였으나 2회 원고가 분실 또는 훼절되고 거센 비판에 부딪히면서 중단함. 이후 강서군에서 한동안 지냄.
1952~53년	유일한 혈육이었던 아들 항백이 인민군으로 참전하였다가 전사하고, 그 충격으로 아내 역시 전쟁이 끝나기 전 사망함.
	1953년 이후 최명익에 대한 비판이 거세지면서 1955년까지 작품활동을 하지 못함.
1956년(54세)	역사소설 『서산대사』 발표. 이 작품은 북한 문예를 대표하는 한 모범으로 평가받음.
1957년(55세)	항일 무장투쟁 참가자들의 회상기 집필에 참여. 소련을 잠시 여행함. 이후 1950년대 후반에는 평양문학대학에서 학생들을 가르침.
1963년(61세)	역사소설 『임오년의 서울』 출간.
1964년(62세)	수필집 『글에 대한 생각』 출간.
1967년(65세)	3월, 북한에서의 마지막 문필활동으로 알려진 「실천을 통한 어휘 공부」를 발표. 이후 행적이 사라짐.
1960년대 말~ 1970년대 초	문단에서 쫓겨나 산골의 농장원으로 있다가 자살했다는 설이 있음.
1984년	김정일의 지시에 의해 복권이 이루어짐. 유작인 『이조망국사』를 완성하도록 하는 조치가 내려짐.
1993년	『서산대사』, 『임오년의 서울』이 재출간됨.

작품목록

제목	게재지 · 출판사	연도

■ 소설

제목	게재지 · 출판사	연도
희련시대(戱戀時代)	백치	1928. 1
처의 화장(化粧)	백치	1928.7
붉은 코(콩트)	중외일보	1930.2.6
목사(牧師)(콩트)	조선일보	1933. 7. 29. 8. 2
비 오는 길	조광	1936. 4~5
무성격자	조광	1937. 9
역설	여성	1938. 2~3
봄과 신작로	조광	1939.1
폐어인(肺魚人)	조선일보	1939. 2. 5~2. 25
심문(心紋)	문장	1939. 6
장삼이사	문장	1941. 4
담배 한 대	맥령(단편집)	1947
맥령	맥령	1947
제1호	미상	1947

마천령	맥령	1947
무대 뒤	맥령	1947
남향집	미상	1948
공둥풀	미상	1948
기계(장편-미완)	문학예술	1947. 12, 1948. 4
기관사	조선문학	1951. 5
조국의 목소리	미상	1951
영웅 한남수	미상	1952
운전수 길보의 전투	미상	1952
서산대사(장편)	서산대사	1956
임오년의 서울(장편)	조선문학	1961. 5~8
섬월이	미상	1962
음악가 김성기	미상	1962
학자의 염원	미상	1962

■ 수필

처녀작의 일절(一節)	백치	1928. 7
조망문단기(眺望文壇記)	조광	1939. 4
명모(明眸)의 독사(毒蛇)	조광	1940. 1
숨은 인과율―소설가의 아버지		
	조광	1940. 7
수형(手形)과 원고 기일	문장	1940. 7
장맛비와 보들레르	조광	1940. 8
궁금한 그들의 소식―작중 인물지		
	조광	1940. 12

여름의 대동강	춘추	1941. 8
나의 염원	조선문학	1957. 2
3·1운동 때의 회상	조선문학	1958. 3
레프 톨스토이에 대한 단상	조선문학	1958. 9
조국의 주인	조선문학	1958. 12
소설 창작에서의 나의 고심	작가수업	1959
일기 초	조선문학	1962. 8
창작에 관한 수필	문학신문	1960. 5. 10
창작에 관한 단상	문학신문	1962. 7. 13
실천을 통한 어휘 공부	청년문학	1967. 3

■ 평론

이광수 씨의 작가적 태도를 논함		
	비판	1931. 9

■ 단행본

장삼이사	을유문화사	1947
맥령	문화전선사	1947
서산대사	조선문학예술총동맹출판사	1956
임오년의 서울	조선문학예술총동맹출판사	1963
글에 대한 생각	조선문학예술총동맹출판사	1964

연구서지

일반 논문

강현구, 「확인과 탐색의 거리 — 「지주회시」와 「무성격자」의 비교연구」, 『한국어문교육』 1, 1986.

_____, 「역사소설 『서산대사』 연구」, 『한국어문교육』 8, 고려대, 1996.

_____, 「최명익의 "심문" 연구」, 『호서어문연구』 5, 호서대, 1997.

권용선, 「1930년대 후반 모더니즘 소설에 나타난 근대성 인식의 한 양상 — 최명익을 중심으로」, 『인천어문학』 16, 2000.

금동현, 「최명익의 「봄과 신작로」 연구」, 『우리문학연구』 20, 2006.

김동권, 「최명익 소설 연구」, 『대학원 학술논문집』 38, 건국대, 1994.

김민정, 「1930년대 후반기 모더니즘 소설 재고 — 최명익과 허준을 중심으로」, 『한국학보』 77, 1994. 12.

_____, 「근대주의자의 운명을 재현하는 문학적 방식 — 최명익 다시 읽기」, 『작가연구』 17, 2004.

김숙희, 「최명익의 '무성격자' 연구 — 자의식의 분열양상과 죽음의 의미를 중심으로」, 『논문집』 15, 마산전문대, 1992.

김양수, 「말기 지식인의 자의식을 묘파 — 최명익의 작품세계」, 『월간문학』 232, 1988. 6.

김영민, 「이념과 문학의 길―탄생 백주년을 맞는 문인들을 통해 바라본 문단 구도」, 『내일을 여는 작가』 31, 2003 여름호.

김예림, 「1930년대 후반의 비관주의와 윤리의식에 대한 고찰―최명익을 중심으로」, 『상허학보』 4, 2000.

김외곤, 「「심문」의 욕망 구조」, 『문학사와 비평』 4, 1997.

김용인, 「최명익 소설의 주요 모티브 연구」, 『어문논집』 26, 중앙대, 1998.

김재용, 「해방 직후 자전적 소설의 네 가지 양상」, 『문예중앙』 18, 1995. 5.

_____, 「해방 직후 최명익 소설과 『제1호(第一號)』의 문제성―비서구 주변부의 근대와 탈식민화의 어려움」, 『민족문학사연구』 17, 2000.

김종인 · 김강진, 「최명익 소설 연구―단편집 「장삼이사」를 중심으로」, 『논문집』 14, 경북실전, 1995.

김진석, 「최명익 소설 연구」, 『인문과학논문집』 2, 서원대, 1993.

김 철, 「기차와 한국 소설―최명익의 「심문」과 「장삼이사」」, 『새국어생활』 15-1, 2005.

김치홍, 「최명익, 그 우울의 미학」, 『명지어문학』 21, 1994.

_____, 「최명익의 「장삼리사」고」, 『명지어문학』 19, 1990.

김한식, 「30년대 후반 모더니즘 소설과 질병―최명익과 유항림의 소설을 중심으로」, 『국어국문학』 128, 2001.

김해연, 「최명익 소설에 나타난 여성 소외의 문제」, 『오늘의 문예비평』 7, 1992. 9.

_____, 「최명익 소설에 나타난 여성 소외의 문제」, 『경남어문논집』 4, 1991.

_____, 「해방 직후 최명익 소설 연구―「맥령」을 중심으로」, 『현대

소설연구』17, 2002.

김혜영, 「최명익 소설의 글쓰기 방식 연구」, 『논문집』61, 한국국어
    교육연구회, 1997.

문재호, 「최명익의 「심문」 연구―소설의 담론적 특징을 중심으로」,
    『숭실어문』19, 2003.

문홍술, 「추상에의 욕망과 절대주의 미학―최명익론」, 『관악어문연
    구』20, 서울대, 1995.

박선애, 「최명익 소설 연구」, 『한국학연구』4, 숙명여대, 1994.

서종택, 「한국현대소설의 미학적 기반 2―최명익의 심리주의 기
    법」, 『한국학연구』18, 고려대, 2003.

성지연, 「30년대 소설과 도시의 거리―「소설가 구보씨의 일일」「비
    오는 길」「마권」을 중심으로」, 『현대문학의 연구』20, 2003.

_____, 「최명익 소설 연구」, 『현대문학의 연구』18, 한국문학연구
    학회, 2002.

송경빈, 「최명익소설연구―해방 이전 작품을 중심으로」, 『語文硏
    究』23, 1992.

신형기, 「최명익과 쇄신의 꿈」, 『현대문학의 연구』24, 2004.

양문규, 「최명익 소설연구」, 『인문학보』9, 강릉대학교 인문과학연
    구소, 1990.

여지영, 「최명익 소설의 공간 형상화 연구―「비 오는 길」을 중심으
    로」, 『한국소설연구』4, 2002.

오병기, 「1930년대 심리소설과 자의식의 변모양상 2―최명익을 중
    심으로」, 『대구어문논총』12, 1994.

유영윤, 「최명익론―해방 이전의 소설을 중심으로」, 『목원어문학』
    9, 1990.

유철상, 「최명익의 「무성격자」에 나타난 기술로서의 심리묘사」, 『한

국현대문학연구』10, 2001.

이계열, 「「심문」의 구조분석적 고찰」, 『어문논집』 5, 숙명여대, 1995. 12.

이대규, 「최명익의 소설 「무성격자」의 플롯과 장면」, 『어문교육논집』 12, 부산대 국어교육과, 1992.

이동하, 「최명익론―세계의 폭력과 지식인의 소외」, 『문학사상』 193, 1988. 11.

이미림, 「최명익 소설의 '기차' 공간과 '여성'을 통한 자아탐색―「무성격자」, 「심문」을 중심으로」, 『국어교육』 105, 2001.

이수형, 「최명익론―이데올로기 비판적 의식을 중심으로」, 『문학사와 비평』 4, 1997.

이주미, 「최명익 소설에 나타난 환상과 현실의 관계 양상―「심문」을 중심으로」, 『한민족문화연구』 10, 2002.

임병권, 「1930년대 모더니즘 소설에 나타난 은유로서의 질병의 근대적 의미」, 『한국문학이론과 비평』 17, 2002.

장수익, 「최명익론―승차 모티프를 중심으로」, 『외국문학』 44, 1995. 8.

장윤수, 「암흑기의 지식인의 초상―최명익의 「역설」·「비오는 길」고」, 『대진논총』 3, 대진대, 1995.

장춘화, 「최명익 소설 연구」, 『대구어문논총』 9, 1991.

정현숙, 「대립과 갈등의 미학―최명익 소설을 중심으로」, 『한양어문연구』 13, 1995.

정현숙, 「최명익 소설에 나타난 은유」, 『어문연구』 121, 2004.

조연현, 「자의식의 비극―최명익론」, 『백민』 5권 1호, 1949. 1.

진정석, 「최명익 소설에 나타난 근대성의 경험양상」, 『민족문학사연구』 8, 1995.

차혜영, 「최명익 소설의 양식적 특성과 그 의미」, 『한국학논집』 25, 한양대, 1994.

채호석, 「1930년대 후반 소설에 나타난 새로운 문제틀과 두 개의 계몽의 구조―허준과 최명익을 중심으로」, 『기전어문학』 10 · 11, 수원대, 1996.

_____, 「최명익 소설 연구―「비오는 길」을 중심으로」, 『작가연구』 2, 1996.

최상윤, 「한국 자의식 소설의 작중인물 연구―최명익 작품을 중심으로」, 『동아대학교 대학원 논문집』 9, 1984.

홍성암, 「최명익 소설 연구―창작집 「장삼이사」를 중심으로」, 『동대논총』 23, 동덕여대, 1993.

홍혜미, 「역사소설의 의미 규명―최명익의 「서산대사」를 중심으로」, 『인문학논총』 3, 국립7개대학공동논문집간행위원회, 2003.

학위논문

강지윤, 「최명익과 불균등성의 형식화」, 연세대 석사학위논문, 2005.

강진호, 「1930년대 후반기 신세대작가 연구」, 고려대 박사학위논문, 1995.

강현구, 「최명익의 소설 연구」, 고려대 석사학위논문, 1985.

권선영, 「최명익 소설 연구―자의식의 확대과정을 중심으로」, 숙명여대 석사학위논문, 1990.

권애자, 「최명익 소설 연구―작중 인물의 나르시시즘과 그 극복」, 전북대 석사학위논문, 1992.

김겸향, 「최명익 소설의 공간연구」, 이화여대 석사학위논문, 1990.

김경숙, 「최명익 소설의 공간 구조와 작가 인식태도 연구」, 인하대 교육대학원 석사학위논문, 2005.

김경연, 「최명익 소설의 식민지적 근대성 비판 양상 연구」, 부산대 석사학위논문, 1999.

김민정, 「1930년대 후반기 모더니즘 소설 연구―최명익과 허준을 중심으로」, 서울대 석사학위논문, 1994.

김병우, 「작중 지식인상에 투영된 작가의식 연구―1930년대를 중심으로」, 충북대 교육대학원 석사논문, 1989.

김세현, 「최명익 소설 연구―광복 전후 인물의 변모 양상을 중심으로」, 홍익대 교육대학원 석사학위논문, 1998.

김양선, 「1930년대 후반 소설의 미적 근대성 연구」, 서강대 박사학위논문, 1998.

김옥준, 「최명익 소설 연구―작가의식과 주인물의 자의식을 중심으로」, 성균관대 교육대학원 석사학위논문, 2002.

김은정, 「최명익 소설 연구―시점을 통한 이데올로기 분석」, 인제대 석사학위논문, 2002.

김정남, 「최명익 소설의 자의식 연구」, 영남대 교육대학원 석사학위논문, 1997.

김정옥, 「최명익 小說硏究―등장인물 유형과 서술기법을 중심으로」, 전남대 교육대학원 석사학위논문, 1994.

김지연, 「1930년대 후반 '신세대 작가'의 소설 연구―최명익 · 허준 · 유항림에 나타난 형상화 방식과 주체의 인식을 중심으로」, 경북대 석사학위논문, 1998.

김해연, 「최명익 소설 연구」, 경남대 석사학위논문, 1991.

_____, 「최명익 소설의 문학사적 연구」, 경남대 박사학위논문, 2000.

김현식, 「최명익 소설 연구」, 전북대 교육대학원 석사학위논문, 1992.

명형대, 「1930년대 한국 모더니즘 소설의 공간구조 연구」, 부산대 박사학위논문, 1991.

박미란, 「1930년대 모더니즘 소설의 현실 인식 연구―도시의 일상
성에 대한 인물들의 대응 방식을 중심으로」, 서강대 박사학위
논문, 2005.

박선경, 「현대소설의 남성중심주의(Phallocentrism) 연구―30년대
작가 무의식의 언어적 표출양상」, 서강대 박사학위논문, 1994.

박숙자, 「1930년대 모더니즘 소설 연구―일상성에 대한 인물의 반
응과 서술기법을 중심으로」, 서강대 석사학위논문, 1996.

방경태, 「1930년대 한국 도시소설의 시간과 공간 연구」, 대전대 박
사학위논문, 2003.

백정승, 「최명익의 「심문」 연구」, 중앙대 석사학위논문, 2001.

소미혜, 「현대소설에 나타난 동물상징 연구」, 이화여대 석사학위논
문, 1993.

손자영, 「최명익 소설의 기호학적 분석」, 이화여대 석사학위논문, 2007.

신윤정, 「최명익 소설연구」, 중앙대 석사학위논문, 1993.

심영덕, 「최명익 소설 연구―단편집 『장삼이사』를 중심으로」, 영남
대 석사학위논문, 1990.

안미영, 「1930년대 심리소설의 두 가지 양상―이상과 최명익을 중
심으로」, 경북대 석사학위논문, 1996.

오영애, 「최명익 소설의 인물 연구」, 숙명여대 교육대학원 석사학위
논문, 1997.

유소정, 「최명익 소설의 시간과 공간연구」, 이화여대 석사학위논문,
2002.

윤부희, 「최명익 소설 연구」, 이화여대 석사학위논문, 1993.

이강언, 「1930년대 모더니즘소설 연구」, 영남대 박사학위논문, 1988.

이경희, 「1930년대 모더니즘 소설의 변이 양상 연구―박태원과 최

명익을 중심으로」, 연세대 교육대학원 석사학위논문, 1996.

이계열, 「1930년대 후반기 소설의 자아의식 연구―이상 · 최명익 · 허준 소설을 중심으로」, 숙명여대 박사학위논문, 1998.

_____, 「최명익 소설 연구―작중인물의 변모양상을 중심으로」, 숙명여대 석사학위논문, 1992.

이명진, 「최명익 소설 연구―불안의식의 극복을 통한 자아회귀를 중심으로」, 호서대 교육대학원 석사학위논문, 2005.

이미경, 「최명익 소설 연구―인물의 심리공간을 중심으로」, 전북대 석사학위논문, 1997.

이 호, 「1930년대 한국 심리소설 연구―이상과 최명익 소설의 서사론적 분석을 통하여」, 서강대 석사학위논문, 1994.

이희윤, 「최명익 연구」, 건국대 석사학위논문, 1991.

임병권, 「최명익의 작품세계 연구―대립적 공간 구조와 Animal Image를 중심으로」, 서강대 석사학위논문, 1991.

장은정, 「최명익 소설의 서술기법연구」, 숙명여대 석사학위논문, 2001.

주혜성, 「최명익 연구」, 연세대 석사학위논문, 1990.

최강민, 「자의식 소설의 공간 대비 연구―이상 · 최명익 · 손창섭의 작품을 중심으로」, 중앙대 석사학위논문, 1994.

최경원, 「현대 소설에 나타난 '비'의 상상력 연구」, 서강대 교육대학원 석사학위논문, 2003.

최혜실, 「1930년대 한국 심리소설 연구―최명익을 중심으로」, 서울대 석사학위논문, 1986.

한성봉, 「1930년대 도시소설 연구」, 원광대 박사학위논문, 1995.

한순미, 「최명익 소설의 주체, 타자, 욕망에 관한 연구―라깡의 욕망이론을 중심으로」, 전남대 석사학위논문, 1997.

장수익張水翼 서울대학교 국어국문학과를 졸업하고 같은 학교 대학원에서 「1920년대 초기 소설의 시점 연구」로 박사학위를 받았다. 현재 한남대학교 국어국문학과 부교수로 재직 중이다. 저서에 『한국 근대소설사의 탐색』(1999), 『대화와 살림으로서의 소설비평』(1999), 『한국 현대소설의 시각』(2003) 등이 있다.